CONTENTS

【 프롤로그 】 ❖ 독백

어린 시절부터.

언젠가 위정자가 되는 미래가 정해져 있던 나는, 나라의 미래를 가장 먼저 생각해 왔다. 그것이 제1 왕녀로 태어난 나의 사명이었다. 그런데도 정작 무엇이 나라의 미래인지, 무엇이 나라의 미래를 위한 일인지 솔직히 잘 알 수 없을 때도 있었다…….

하지만.

적어도.

내가 마음속에 그려왔던 미래에 그는 없었다.

그래, 그는 없었다.

왕립학원에서 고립된 그의 모습은 여러 잘못들을 내게 보여주었다.

하지만 잘못이 잘못이라는 것을 알고 있으면서도, 나는 계속 그것을 못 본 척해 왔다. 나라의 미래를 위해 불필요한 파문을 일으키지 않는 것이 최선이라고 생각하며 스스로를 타일렀다.

후회는 했다. 반성도 했다.

같은 실수는 두 번 다시 반복하고 싶지 않았다.

하지만 그것은 위정자로서가 아닌 내 개인적인 가치관에 불과했다.

정령환상기

"그렇게 경계할 필요 없어.
이 몸에 빙의해서 목욕을 하는 건
처음이라, 솔직히 목욕을
기대하고 있었거든."
리나는 담담히 말하며
물을 양손으로 퍼올렸다.

"후후."
플로라는 간지러운 듯 미소 짓더니
그대로 다가와 언니의 팔을 껴안았다.

위정자로서의 나의 가치관은 분명 지금도 변하지 않았다. 내 출생이 변하지 않는 이상, 나의 사명도 변하지는 않을 테니까.

위정자로서 내가 우선하는 것은 나라의 미래였다.

그러니 나라의 미래를 위해 나는 머지않아 또 다른 잘못을 의도적으로 저지르고 말 것이다. 그렇게 되는 것은 조금 두려웠다.

하지만 위정자가 아닌 나 개인의 가치관은, 나라의 미래에 필요하지 않는 이상은 쓸모가 없었다. 위정자로서의 나와 그렇지 않은 나. 두 사람을 구분하는 사람이 바로 나인 이상, 나라의 미래에 필요한가 아닌가 하는 판단에 내 개인적인 주관이 들어가는 것은 피할 수 없겠지만…….

그렇기에 무엇이 나라의 미래를 위해 필요한 일인지, 나라의 미래를 위해 자신이 무엇을 할 수 있는지, 생각하고, 생각하고, 또 생각한 다음 신중하게 답을 내놓아야 했다. 다행히 나는 그런 성품의 소유자였다.

하지만 어깨를 짓누르는 책임들이 지쳐, 중책에서 해방되고 싶다는 생각이 단 한 번도 없었다고 하면 거짓말일 것이다.

싫어. 무서워. 괴로워.

겉모습을 꾸며내느라 정신이 없는 탓에, 마음속은 늘 그런 불안감으로 꽉 차 있었다.

하지만 그럼에도 위정자로서 나는 앞으로 나아가야 했다.

답을 내놓아야 했다. 그것이 1위 왕위 계승권을 가진 왕족으로 태어난 나의 사명이니까.

좋은 생각이 떠올랐다.

투명한 가면을 쓰자. 내 본모습을 편리하게 가려주고, 여왕으로서의 나를 구현해 주는, 절대 녹을 일이 없는, 얼음으로 된 가면.

나라의 미래에 위정자가 아닌 나 개인은 필요치 않았으니까.

이 추억을 마지막으로 삼자.

이 사람 덕분에, 잠깐이라도 여왕이 아닌 내가 될 수 있었다.

그거면 충분하다.

왜냐하면, 내가 우선시하는 것은…….

27
기도의 단두대
정령 환상기
타야마 유리
uri Kitayama
llustrator◆유후 코코

커버 및 본문 일러스트_유후 교쿄

【제 1 장】 ❈ 모호

심야의 가르아크 왕성.

리오가 사는 저택의 정원.

어둠의 장막이 시야를 가득 메운 가운데.

세차게 쏟아지는 비가 불규칙한 선율을 만들며 연주를 하고 있었다.

계절은 겨울, 기온은 10도를 조금 밑돌았다. 비 때문에 체감 온도는 더욱 떨어져 대부분의 사람들은 선불리 밖을 돌아다니지 않는 날씨였다.

그러나, 몸을 맞대고 있는 젊은 남녀가 있었다. 저택의 주인인 리오와 손님으로 저택에 머물고 있는 벨트람 왕국 제1 왕녀 크리스티나였다. 억수같이 쏟아지는 비가 사정없이 체온을 빼앗아 몸이 얼어버릴 정도로 차가워진 상태에서, 크리스티나는 리오의 등에 두 팔을 감고 빈틈없이 몸을 딱 붙이고 있었다.

"……."

리오도 크리스티나를 부드럽게 안고 있었다. 가슴팍에 기대 있는 그녀의 가녀린 육체는 당장이라도 쓰러질 것처럼 연약해 보였다. 한 나라의 왕녀로서 레스토라시온이라는 조직을 한데 이끌고 있는 몸이라고는 믿기 어려웠다.

그곳에 있는 것은 이제 갓 십대 중반이 된, 괴로움을 안고 있는 소녀였다. 어떤 표정을 짓고 있는지 리오는 확인할 수 없었다. 하지만 속마음은 조금 엿볼 수 있었다. 혼자서 너무 많은 것을 끌어안은 탓에 이런 상황에 다다르게 된 것만은 분명했다.

"……."

리오가 안아주자 그녀의 몸이 잠시 굳었지만, 곧바로 리오를 받아들였다. 아니, 오히려 더 갈구했다. 마치 이성의 끈이 풀린 것처럼, 더욱 강하게 리오를 끌어안았다.

그렇게 두 사람은 이 세상 누구보다도 서로의 존재를 깊이 느끼고 있었다. 서로의 열기가, 살갗의 감촉이 젖은 천 너머로 전해졌다.

그대로 두 사람은 한동안 침묵한 채 포옹을 이어갔다.

얼마나 시간이 흘렀을까. 적어도 서로의 체온이 완전히 익숙해져 하나가 되었을 무렵이었다.

"……실례했습니다."

크리스티나가 무거운 입을 열고 팔을 풀었다.

"아니요."

리오도 팔의 힘을 풀었다.

"미안해요. 좀, 추워서 그만……."

크리스티나는 리오의 가슴팍에 양손을 가져갔다. 그러고는 힘없이 손을 밀며 뒤로 물러나, 왜 리오에게 매달렸는지 설명하려 했다.

"……그건 좀 무리가 있을 것 같은데요."

하지만 추웠다는 이유가 명분에 지나지 않는다는 것 정도는 리오도 알고 있었다.

"말씀해 주실 수 있나요?"

뭔가 다른 이유가 있을 것이라는 생각에, 리오는 드물게도 상대에게 깊이 파고들었다.

"……앞일을 너무 생각하다 보니, 불안해졌어요."

크리스티나는 잠시 주저하다가, 조심스럽게 입을 열었다.

"레스토라시온에 대한 일이죠?"

"……그럴, 지도 모르죠."

"그럴지도 모른다고요?"

"……."

크리스티나는 여전히 고개를 숙인 채 침묵했다. 말할 것인지, 말하지 않을 것인지 망설이는 기색이 역력했다.

"다른 불안한 일이 있는 거군요."

리오는 크리스티나가 가슴속에 간직한 고민을 알아내려 했다.

"……조직의 기밀과 관련된 일이라서요."

하지만 외부인에게는 말할 수 없다면서, 크리스티나는 마음의 문을 닫아버렸다.

"곤란하군요."

그 강한 의지가 전해진 것인지, 리오가 난감한 표정을 지으며 뺨을 긁적였다.

"……왜 아마카와 경이 곤란하신가요?"

크리스티나는 시선을 들어 리오의 안색을 살피며 물었다.

"눈앞에 어려움에 처한 사람이 있어서 도와주고 싶은데, 조직의 기밀과 관련되어 있다는 말을 들어버렸으니까요. 어디까지 깊게 파고들어도 되는지 알 수 없어서 좀 난감하네요."

도움이 되어주고 싶다. 하지만 말할지 말지 결정하는 것은 크리스티나였다. 리오는 자신의 마음을 숨김없이 전했다.

"……곤란하다고 해도, 지금에 와서 당신에게 도움을 청할 자격은 없습니다."

"어째서죠?"

"왕국이 당신에게 벌여왔던 수많은 처사를 생각하면 당연한 일입니다."

크리스티나는 뒤늦은 죄책감에 리오에게서 시선을 피했다.

'역시 옛날 일을 신경 쓰고 있었구나.'

과거의 일을 다시 들출 생각은 없다는 뜻을 몇 번이고 전했지만, 크리스티나 안에서는 마음의 앙금이 되어 계속 남아 있는 듯했다.

"수많은 처사라고 하셨는데, 대체 뭘 말씀하시는 건지 모르겠는데요?"

그래서, 리오는 더욱 장난스럽게 얼버무렸다.

"네?"

"이미 한참 전에 잊었습니다. 그런 옛날 일은."

리오는 부드럽게 미소 지으며 말했다.

"……그, 그거야말로 말도 안 되는 소리입니다! 오늘도 또 과거 문제로 폐를 끼친 직후 아닌가요? 잊었을 리가……."

리오의 말에 강하게 동요했는지 크리스티나의 말이 조금 거칠어졌다. 반면 리오는 매우 침착했다.

"당신이 곤란하다면 도와주고 싶을 뿐입니다. 그뿐이에요. 그럼에도 자격의 유무를 논한다면, 오히려 추궁당할 입장에 있는 건 제 쪽이겠죠."

"……어째서죠? 그런 일은 전혀……."

"전, 외부인 아닙니까?"

"윽……."

현 상태에서 상대에게 자격을 따지는 것은 어느 쪽인가? 사실을 들이밀자 크리스티나는 아무 말도 하지 못했다.

"크리스티나 님이 안고 계신 고민을 모르는 이상 제가 할 수 있는 일도 알 수 없습니다. 어쩌면 아무 도움이 되지 못할 수도 있겠죠. 그래도 이야기 정도는 들을 수 있습니다. 같이 고민하는 것도 할 수 있고요. 그러니 필요하다면 사양하지 말고 의지해 주세요. 외부인에게 말할 수 있는 범위라도 상관없으니까요."

"……감사합니다."

크리스티나의 얼굴이 와락 일그러지는 것처럼 보였지만, 그것을 감추려는 듯 시선을 바로 내려버린다. 울고 있는 것처럼 보이기도 했다.

"……크리스티나 님?"

리오가 확인하듯 이름을 불렀다.

"……."

크리스티나는 침묵한 채 고개를 들지 않았다.

"울고 계신가요?"

"……아뇨."

리오가 조심스럽게 묻자 크리스티나는 비로소 고개를 들었다. 눈을 비비는 듯한 행동을 했지만 비에 젖은 탓에 눈물인지 아닌지 분간할 수 없었다.

"괜찮아요."

게다가 방금까지 지었던 슬픈 표정이 거짓말이었던 것처럼, 크리스티나는 환한 미소를 짓고 있었다. 마침내 내보인 미소는, 비가 쏟아지는 밤에는 결코 볼 수 없을 것 같은 아련한 달빛 같았다. 덧없지만 상냥하고 눈부신…….

"……."

이번에는 리오가 눈을 동그랗게 뜬 채 입을 다물고 말았다.

"말했잖아요? '저에게 용기를 주세요. 그게 제가 아마카와 경에게 부탁하고 싶은 일이에요'라고. 그거면 충분합니다. 그 이상으로 당신에게 바라는 일은 없습니다. 이제 충분히 용기는 얻었어요."

비는 여전히 내리고 있었지만, 크리스티나의 얼굴에 달빛처럼 떠오른 미소는 한층 더 밝아졌다.

“……그런, 가요?”

애써 강한 척하고 있는 것이 아닌가?

리오는 눈앞에 선 그녀의 진심을 캐내려 했다.

“네, 제가 앞으로 있을 미래에서 내릴 결단은 틀리지 않았어요. 최선의 판단이라는 자신감을 가질 수 있었습니다.”

하지만 그렇게 말하는 크리스티나의 표정에서는 확실히 망설임이 빠져 있었다.

“……정말인가요?”

리오는 불안한 얼굴로 신중하게 확인했다.

“그렇게까지 불안하시다면…….”

크리스티나는 조금 주저하는 모습을 내비쳤다.

“마지막으로, 한 번만 더. 저를 안아주세요. 용기를 더 채워주세요.”

그리고 그렇게 말하며, 어리광을 부리듯 다시 한번 리오를 껴안았다.

“……알겠습니다.”

리오는 크리스티나가 원하는 대로 요청에 응했다. 그녀가 어떤 결의를 가슴속에 품고 있는지는 여전히 알 수 없었다.

하지만 그 각오가 가볍지 않다는 것만은 이해할 수 있었다. 자신이 할 수 있는 일이 이 정도밖에 없다면 응해 주자. 그렇게 생각했다.

얼마 지나지 않아 크리스티나는 리오에게서 떨어졌다.

"이 자리에서 있었던 일은 비밀로 해주세요. 이런 약한 모습은 누구에게도 보여줄 수 없으니까요."

그리고 조금 민망한 얼굴로 그런 부탁을 하며, 얼굴을 숙이고는 수줍게 웃는다.

"……네."

리오는 그녀의 안색을 유심히 살피며 고개를 끄덕였다.

확실히 지금 이 자리에서 크리스티나가 리오에게 보여준 모습은, 평소의 그녀라면 결코 누구에게도 드러내지 않을 나약한 모습이었다. 리오에게만, 상대가 리오였기에, 의지하고, 보여줄 수 있었던 모습일지도 몰랐다.

그렇다면 조금은 근심과 불안을 덜어낼 수 있었을까? 리오의 가슴속에는 여전히 불안이 남아 있었다.

하지만 조금 전 크리스티나를 껴안았을 때 느껴졌던 나약함이나 덧없음은 이미 완전히 사라지고 없었다. 리오 앞에 서 있는 것은 기품이 넘치는 소녀였다.

"이미 충분히 비를 맞았어요. 슬슬 저택으로 돌아갈까요? 이 이상은 너무 추워서 못 버티겠어요."

크리스티나는 정말 추운지 양어깨를 끌어안고 몸을 떨었다.

"……그러죠."

그리하여 두 사람은 저택으로 돌아갔다.

두 사람이 저택으로 돌아갔다. 다른 사람들은 이미 각자의 방에서 잠들어 있는 탓에 저택 안은 고요했다. 한 번 더 목욕을 하라는 리오의 권유에 크리스티나는 홀로 여탕 탈의실로 들어갔다.

"……."

그리고 그 자리에서 미끄러지듯 바닥에 주저앉고 말았다. 평정을 가장하는 것도 이제 한계였다. 심장이 미친듯이 두근거리고 얼굴은 뜨거울 정도로 달아올랐다. 다리가 떨려서 서 있을 수가 없었다.

'이건 열인가? 아니…….'

크리스티나는 오른손을 가슴에 얹고 자신의 심장 박동을 확인했다. 단순히 비 때문에 몸이 이상해진 것이 아니라는 것은 직감으로 알 수 있었다.

결코 불쾌하지 않고, 오히려 기분이 좋았다. 그렇다면 이것은 도대체 무슨 생리 현상일까? 크리스티나는 자문자답했다.

'……부끄러워서?'

왜 부끄러운가 묻는다면, 리오와 포옹했기 때문일 것이다. 스스로 이성에게 매달린 것은 제1 왕녀답지 못한 품위없는 행동이었다.

거기서 '왜?'를 더 깊이 파고 들어가면, 이 증상을 더 정확히 표현할 단어를 찾을 수 있을 것 같기도 했다.

'……안 돼.'

하지만 그 이상은 안 된다고 생각하며, 크리스티나는 의도적으로 생각을 멈춰버렸다.

"……."

그럼에도 가슴속에 깃든 이 여운을 모두 버리기에는 아까워서, 애틋한 것을 감싸듯 오른손을 가슴에 계속 얹고 있었다.

신기한 기분이었다. 행복과 에너지가 하염없이 흘러넘쳐서 지금은 뭐든지 할 수 있을 것만 같았다. 방금까지 불안에 사로잡혀 절망하고 있었던 것이 꿈처럼 아득하게 느껴졌다.

'……그가 이상하게 생각하지 않았을까? 아니, 생각했겠지.'

밤에 혼자 정원에 나가 비를 맞지 않나, 한 번도 아니고 두 번이나 껴안지 않나, 두 번째에 이르러서는 안아달라고 조르기까지 했다……. 엄청난 만행을 저질렀다고 생각하며, 크리스티나는 순진한 소녀처럼 볼을 붉혔다.

하지만 덕분에 용기는 충분히 얻었다.

"이걸로 됐어. 그래, 이걸로……. 우리에게 남은 수단은 이것뿐이야."

크리스티나는 스스로에게 그렇게 다짐하듯 혼잣말했다. 그 순간, 갑자기 탈의실의 문이 열렸다.

"앗?!"

크리스티나는 흠칫 놀라 들어온 인물을 바라보았다. 그녀가 지금 탈의실에 있는 것을 알고 있는 것은 리오뿐이었다.

"……어머."

"……미하루 씨?"

하지만 나타난 이는 저택에 머무는 아야세 미하루였다. 반응을 보니 우연히 들어온 것처럼 보였다.

"함께 해도 될까?"

미하루는 생긋 미소 지으며 크리스티나에게 물었다.

"……아, 네."

크리스티나는 고개를 끄덕이고는 볼을 붉히며 급히 몸을 일으켰다.

"고마워."

미하루는 크리스티나가 머리와 옷이 비에 푹 젖은 채 주저 앉아 있는 것에도 개의치 않고 그대로 옷을 벗기 시작했다.

"……."

크리스티나는 속옷 차림이 된 미하루를 힐끔 바라보았다. 균형이 잡힌 여성스러운 육체, 윤기 나는 긴 흑발, 교양 있고 단정한 분위기를 풍기는 귀여운 얼굴은 동성임에도 눈을 뗄 수 없게 만들었다. 이성에게 사랑받는 사람은 분명 이런 타입일 것이라고 크리스티나는 생각했다.

"먼저 실례할게."

그러자 미하루는 곧바로 옷을 벗고 욕실로 들어가 버렸다.

'……응?'

크리스티나는 고개를 갸우뚱했다. 처음 탈의실에 들어왔을 때부터 느낀 것이지만, 형용할 수 없는 위화감이 든 것이다. 어쩐지 크리스티나가 아는 미하루답지 않다고 할까…….

어쨌든 크리스티나도 조금 늦게 욕실에 들어갔다.

미하루는 목욕 의자에 앉아 먼저 몸을 씻고 있었다. 크리스티나도 근처 목욕 의자에 앉아 몸을 씻기 시작했다.

"……."

애초에 크리스티나와 미하루는 친근하게 대화를 나눌 정도의 사이는 아니었다. 아니, 정확히 말하자면 그렇게 친하게 지낼 정도로 교류가 쌓이지 않은 상태였다. 그렇기에 별다른 대화가 오가지도 않았고, 조금의 어색함을 느끼며 묵묵히 손을 움직였다.

그리고 미하루가 먼저 몸을 다 씻고 욕조에 몸을 담갔다. 크리스티나도 뒤늦게 몸을 다 씻고 욕조에 몸을 담갔다. 조금 뜨거운 물에 몸을 담그고 기분 좋게 숨을 내쉬었다.

"물이 따뜻하네."

미하루가 갑자기 입을 열었다.

"……그렇군요."

크리스티나는 맞장구를 치며 미하루의 표정을 살폈다.

'역시…….'

자신이 아는 미하루와는 분위기가 다르다는 의심이 점점 커져갔다. 그 이유에도 짐작이 가는 것이 있었는데…….

"네 생각이 맞아."

미하루가 크리스티나의 마음속을 꿰뚫어본 것처럼 말했다.

"……신출귀몰하군요."

속으로는 무척 놀랐지만, 동요를 애써 억누르고 말을 이어갔다.

"신이라고 불린 적도 있었으니까."

'역시…….'

눈앞에 있는 상대는 아야세 미하루가 아니었다. 한때 칠현신 중 하나로 불렸던 여신 리나였다.

"……왜 이곳에?"

그런 확신이 들자, 크리스티나가 질문을 던졌다.

"탕에 몸을 담그고 싶은 기분이었거든. 그럴 때가 있잖아? 비를 맞고 싶은 기분이 들 때가 있는 것처럼."

미하루에게 빙의한 것으로 보이는 리나는, 마치 방금 전 저택의 정원에서 일어난 일을 보고 있던 것처럼 의미심장한 말을 던졌다.

'……본 건가? 아니면 처음부터 알고 있었나?'

여신 리나에게는 미래를 예지하는 힘이 있었다. 크리스티나는 전해 들은 정보를 떠올렸다.

"난 네가 좋아."

"……어째서죠?"

"유능하니까. 하나를 들으면 열을 알 정도로 머리 회전도 빠르고 직감도 뛰어나. 그래서 정답을 잘 찾아내지. 현명한 상대와 이야기하는 건 편한 일이야."

"현신이라 불리던 분께 그런 평가를 받다니 영광이군요."

리나의 예상치 못한 갑작스러운 고백에 살짝 당황하는 크리스티나. 하지만 침착하게 응대했다.

'무슨 속셈이지? 분명 뭔가 목적이 있어 이곳에 나타난 걸 텐데…….'

크리스티나는 입을 움직이는 동안 머리도 움직이고 있었다.

"그렇게 경계할 필요 없어. 이 몸에 빙의해서 목욕을 하는 건 처음이라, 솔직히 목욕을 기대하고 있었거든."

리나는 담담히 말하며 물을 양손으로 퍼올렸다.

'종잡을 수 없는 사람이네.'

크리스티나는 리나에 대해 그런 인상을 받았다.

"하지만, 그래. 모처럼이니까, 같이 목욕하는 김에 등을 좀 밀어줄까?"

리나는 그런 서두를 꺼냈다.

"미래를 아는 내가 장담할게. 넌 올바른 길을 가고 있어. 자신감을 가져도 좋아."

그리고 당당한 눈빛으로 크리스티나를 바라보며 그런 조언을 건넸다.

"당신은……."

도대체 얼마나 많은 미래를 내다보고 있는 것일까. 크리스티나는 저도 모르게 숨을 삼켰다.

"사람들은 '왜?'라며 늘 대답을 알고 싶어 하지. 왜 그런 것 같아?"

리나가 느닷없이 질문을 했다.

"……답이 수수께끼에 싸여 있어 흥미를 끌기 때문 아닐까요."

"역시 넌 좋다니까."

크리스티나의 대답에 만족했는지 리나의 입술 끝이 부드러운 호선을 그렸다.

"정답이라고 생각하면 되는 건가요?"

"그래. 하지만 사람은 이기적인 생물이지. 수수께끼에 싸여 있다고 해서 반드시 대답에 흥미를 갖는 건 아냐. 흥미가 없으면 처음부터 답을 찾으려 하지도 않지."

"그럴지도 모르죠."

"그럼 여기서 추가 질문. 넌 자신의 미래를, 답을 알고 싶어?"

리나는 또다시 느닷없이 질문을 던졌다.

"……아뇨, 별로 알고 싶지는 않습니다."

크리스티나는 잠시 말을 멈췄다가, 망설임 없이 고개를 저었다.

"그건 이미 답을 알고 있으니까?"

답을 알고 있으면 수수께끼는 애초에 존재하지 않고, 따라서 흥미가 가지도 않는다. 그런 의미냐는 뜻을 담아 리나가 물었다.

"……무슨 말씀을 하시는지 잘 모르겠네요. 저에게는 당신과 같은 능력은 없어요. 답을 알 방법은 없습니다."

"알 수는 없어도 예상은 할 수 있지."

"……."

담담하게 대꾸하던 크리스티나의 표정이 찌푸려지고, 이내 입을 다물어버린다.

"내가 널 좋아하는 이유. 또 있어."

그러자 리나가 뜬금없이 화제를 돌렸다.

"……물어봐도 될까요?"

"예상한 답이 추악한 것이라고 해도, 낙심하지 않고 미래로 나아갈 수 있으니까. 남다른 의지와 강한 각오를 품고 있으니까 말야."

"……그렇습니까."

크리스티나는 어쩐지 씁쓸하게 입술을 다물었다.

"먼저 실례할게."

더 이상 할 말은 없다는 듯 리나는 빠르게 욕조에서 빠져나갔다. 그대로 욕실을 떠나려고 할 때였다.

"잠깐만요."

"왜?"

크리스티나의 부름을 받고, 리나가 세면대 앞에서 발걸음을 멈췄다.

"답이 수수께끼에 싸여 있고 흥미를 끄는 것이라고 해도,

답을 알려고 하지 않는 경우도 있다고 생각합니다. 사람은 복잡한 감정을 품고 있는 생물이니까요."

크리스티나는 조금 전의 이야기를 거론하며 자신의 의견을 전했다.

"맞아."

그러자 리나는 웃음을 터뜨리며 크리스티나의 주장을 인정했다. 그리고 그대로 욕실을 빠져나갔다.

◇ ◇ ◇

때는 크리스티나가 목욕을 시작했을 무렵으로 거슬러 올라간다.

'괜찮아. 그렇게 말했었지.'

리오는 남탕에 몸을 담그고 천장을 올려다보며 조금 전의 일을 되돌아보고 있었다.

'하지만…….'

크리스티나가 누구에게도 털어놓을 수 없는 고민을 안고 홀로 깊은 고민에 빠져 있었던 것은 사실이었다. 리오만이 그 모습을 목격했다.

'……못 본 척할 수는 없어.'

그러니 아무리 본인에게 괜찮다는 말을 들어도, 그 말을 있는 그대로 받아들일 수는 없을 것 같았다.

문제는 크리스티나가 안고 있는 고민이 어떤 것인지 전

혀 모른다는 점이었다. 백번 양보해서 마음의 정리가 된 것이라고 해도, 고민 자체가 사라진 것이라고는 보기 어려웠다.

'그래도 무슨 고민인지 쉽게 털어놓지는 않겠지.'

애초에 쉽게 털어놓을 수 있는 고민이었다면, 그렇게까지 괴로워하지도 않았을 것이다.

'……내가 할 수 있는 일은 아무것도 없는 걸까?'

리오는 고개를 갸우뚱하며 생각에 잠겼다.

——**소라 이외에 첫 번째 권속으로 삼는 건 크리스티나 벨트람이 좋다고 생각해.**

그때, 리나에게서 들은 조언이 뇌리를 스쳤다.

"윽……."

리오는 씁쓸하게 얼굴을 찌푸렸다.

'아마 리나는 지금의 상황을 예지하고 있었던 거겠지. 그래서 크리스티나 님을 권속으로 선택하라는 말을 내게 한 걸 테고.'

하지만 어째서? 크리스티나는 벨트람 왕국의 제1 왕녀이자 사람들을 이끌어가야 할 인물이었다. 리오의 권속이 되면 인간 세계에서 벗어난 존재가 되어버리는 이상, 굳이 권속으로 선택할 이유가 없었다.

오히려 크리스티나 본인이 권속이 되는 것을 거부할 것이다. 그럼에도 그녀를 권속으로 삼는다면 사실상 강요나 다름없었다.

'모르겠어. 아니, 말도 안 돼. 강제로라도 크리스티나 님을 권속으로 삼으라는 건가?'

리오는 강한 거부감에 얼굴을 찌푸렸다.

'……아니, 애초에 권속을 늘릴 생각은 없어. 상대가 크리스티나 님이라서 그런 게 아니야. 누구라 해도 그 결론은 변하지 않아.'

한번 리오의 권속이 되어버리면 인간으로 계속 살아갈 수 있을지조차 알 수 없었다. 소라가 그러한 생활 방식을 짊어졌던 것처럼, 인간 세상과 관계를 맺는 것을 허락받지 못한 채 유구한 시간을 살아가는 숙명을 강요당할지도 모른다.

그것은 끔찍한 고행이 아닐까?

'……누구도 말려들게 할 수는 없어.'

리오에게 누군가를 권속으로 삼는다는 것은, 상대의 운명을 비틀어 부당한 숙명을 떠넘기는 짓이나 다름없었다.

'하지만 리나도 그런 건 충분히 알고 있을 텐데. 알면서도 권속을 늘리라고 조언한 거겠지. 내 감정을 무시해서라도 권속을 늘려야 하는 이유가 있다는 뜻이야.'

그 또한 머리 한구석에서 이해는 하고 있었다.

'권속을 늘리지 않으면 후회한다. 그렇게 말했어…….'

칠현신이라 불리던 여인이 천 년 앞의 미래를 염려해 환생했다는 것도 잘 알고 있었다. 그렇기에 더더욱 그런 인물이 입에 담은 '후회'라는 말이 불길할 정도로 인상에 남아 리오의 시야를 가로막고 있었다.

감정만으로 결론을 내버려도 되는 것일까? 그렇게 물어온다.

그래서 여전히 가슴속에서는 강한 거부감이 맴돌고 있었지만, 리오는 감정과 사고를 분리하여 조언과 마주해보기로 했다.

하지만, 아무리 생각해도 답은 나오지 않았다.

'……안 되겠다. 일단 좀 진정하자.'

뜨거운 물을 양손으로 떠서 얼굴에 찰박 끼얹었다.

리나의 조언에 따라 크리스티나를 권속으로 삼아야 하는 걸까? 애초에 굳이 크리스티나를 지목한 의도는 뭐지?

'……생각해도 대답이 안 나오는 건 어쩌면 당연한 걸지도 몰라. 어차피 미래는 알 수 없는 거니까.'

그런데 어중간하게 미래의 정보가 들어오니 더욱 혼란스러웠다.

'크리스티나 님을 권속으로 삼을지 말지를 고민하고 있다는 시점에서, 이미 리나의 목적대로 움직이고 있는 거겠지.'

리오는 피곤함이 짙게 배인 얼굴로 쓴웃음을 지었다. 직접 얼굴을 마주한 시간은 얼마 되지 않았지만, 은은한 미소를 띠고 있던 그녀의 모습이 뇌리에 떠올랐다.

'미래는 알 수 없어. 하지만, 그럼에도 앞으로 나아갈 수밖에 없어.'

그것이 본래 가져야 할 자세였다.

'리나의 조언은 생각하지 말고, 내가 할 수 있는 일을 생각하자.'

만일 리나의 조언이 없었다면? 그렇다 해도 자신이 크리스티나에게 했을 대응이 달라졌을 것 같지는 않았다. 조언에 휘둘려 괜한 짓을 했다가는 오히려 미래가 바뀔 수도 있었다. 리나는 그렇게 해서 미래가 바뀌는 것을 바라고 있을지도 모르지만, 그런 것은 리오가 알 방법이 없었다.

'조금이라도 털어놓기 쉽도록 크리스티나 님과 함께하는 시간을 늘리자. 상황을 지켜보고, 무슨 일이 일어나도 대처할 수 있게.'

지금의 내가 할 수 있는 것을 할 뿐이었다. 리오는 그렇게 결정하고 목욕을 마쳤다.

다음 날. 아침 식사를 마친 크리스티나, 플로라, 히로아키, 로아나, 코우타, 레이는 오전 중에 저택을 떠나게 되었다.

"그럼 감사했습니다."

크리스티나가 일행을 대표해 저택 현관 앞까지 나와 배웅해 주는 리오 일행에게 감사 인사를 전했다.

"저희야말로 즐거운 시간이었습니다."

"언제든 편하게 놀러와 주세요!"

리오가 대표해 인사를 건네자 라티파가 옆에서 씩씩하

게 한마디를 보탰다.

"그렇다고 하니 부디 사양하지 마시고 와주세요."

하고 싶은 말을 라티파가 대신해 줬다며, 리오가 가벼운 미소와 함께 크리스티나 일행에게 말을 더했다.

"다음 숙박 모임은 언제쯤 할 수 있을까 하고 플로라 언니랑 이야기했거든."

"네, 언니에게 물어 보기 전에는 알 수 없다고 하긴 했지만……."

벌써부터 다음 숙박 모임 일정을 잡기 위해 눈치작전을 벌이는 라티파와 플로라. 요 며칠 사이에 급격히 가까워진 두 사람의 호흡은 척척 맞아떨어졌다.

"언제 이렇게 가까워진 건지……."

이야기를 꺼낸 두 사람과는 달리 조금 곤란한 표정을 짓는 크리스티나. 여동생의 교우 관계가 넓어진 것은 기쁘지만, 그렇다고 해서 '그럼 사양 않고 또 오겠습니다'라고 말할 수도 없는 상황이었다.

"죄송합니다. 실례가 되지 않았다면 좋겠습니다만……."

라티파라면 괜찮을 것이라 믿고는 있었지만, 신분 차이가 있는 것은 사실이었다. 주위 사람들이 어떻게 생각하는지는 또 다른 문제였기 때문에 리오도 약간 난처한 표정을 지었다.

"전혀 그렇지 않아요! **라티파**는 제 친구니까요."

플로라는 힘주어 단언했다.

"네!"

라티파는 친근한 미소를 지으며 맞장구를 쳤다.

참고로 리오의 정체가 밝혀진 뒤로 라티파는 이제 스즈네가 아닌 본명으로 부르는 것이 정식으로 결정되었다. 한편 리오는 이미 명예기사 하루토 아마카와로서 대외적인 입지가 굳어진 상태였기 때문에 향후에도 표면적으로는 하루토라고 칭하기로 정해졌다.

"지난번에도 비슷한 식으로 흘러갔는데, 이대로면 저택에 올 때마다 다음 약속을 잡게 될 것 같아서…… 정말 죄송합니다."

"그렇다면 차라리 장기 체류해 주시는 것도 좋을 것 같아요! 크리스티나 님과도 많은 이야기를 나눠보고 싶거든요!"

격식을 차리는 크리스티나의 모습에 라티파가 씩씩하게 손을 들어 올리며 제안했다. 플로라는 기대로 눈을 반짝이며 "응응" 하고 기쁘게 고개를 끄덕였다.

"하루토네 저택에 오면 맛있는 밥도 먹을 수 있고 말이지. 우리도 편히 드나들 수 있으면 정말 고맙지."

히로아키가 농담을 섞어 그런 말을 던지자, 레이가 '그러게요'라며 동의했다. 코우타는 '편히 드나든다니, 여기가 고등학교 부실도 아니고'라며 쓴웃음을 짓고 있었다.

"……."

여동생의 교우 관계가 넓어진 것은 기쁘다. 다만 이렇게 되면 대규모의 인원으로 자주 방문하게 될 것 같아 마음이 불편한 것인지, 크리스티나는 사양하려는 표정을 내비치고 있었다.

“그럼 다음번에는 꼭 장기 체류하는 방향으로 검토해 주세요.”

그러자 리오가 앞장서서 크리스티나에게 말을 건넸다.

“……괜찮을까요?”

“당연하죠. 이 저택에 오실 때 **용기**는 필요하지 않으니까요.”

여기서 리오는 ‘망설임’이 아닌 ‘용기’라고 말했다. 이상하다고까지는 못하겠지만, 조금 거창한 표현처럼 들리는 단어 선택이었다.

“용기? 그런 게 뭐가 필요해.”

실제로 히로아키가 과장이라는 뜻을 담아 지적했다.

“윽…….”

한편, 크리스티나는 허를 찔린 얼굴로 숨을 삼켰다. 어젯밤 크리스티나가 리오를 껴안으면서 했던 말을 떠올린 것이다. 즉…….

――제게 용기를 주세요. 그게 제가 아마카와 경에게 부탁하고 싶은 일이에요.

그 말이었다.

바로 어젯밤 있었던 일이고, 그런 말을 꺼낸 상황이 상황이었던 만큼 바로 떠올린 모양이었다. 그래서 리오가 의도적으로 ‘용기’라는 단어를 골라 말했다는 사실을 짐작한 것일까.

"……."

크리스티나는 리오를 똑바로 바라보지 못하고 시선을 돌렸다.

"……언니, 얼굴이 빨개지신 것 같은데요?"

플로라가 의아한 얼굴로 언니의 얼굴을 들여다보았다.

"무, 무슨 소리를 하는 거야. 그럴 리가 없잖아."

크리스티나는 가볍게 헛기침을 하며 평정을 가장했다.

"그런, 가요? 뭔가 좀 기뻐 보이시는 것 같은데……."

"이상한 소리 하지 마. 평소랑 똑같아, 평소랑."

여전히 얼굴을 빤히 들여다보며 관찰하는 동생의 모습에 크리스티나는 드물게 당황했다.

'확실히 꽤 기분이 좋아 보이시네요…….'

소꿉친구로서 긴 시간 함께해 온 로아나는 마치 희한한 광경이라도 본 사람처럼 눈을 크게 떴다.

"오빠, 크리스티나 님한테 무슨 짓 했어?"

라티파가 의심스러운 눈초리로 리오를 빤히 바라보았다.

"그런 건 아닌데, 제가 이상한 말을 한 걸까요? 볼 일이 있든 없든 편히 오시라는 뜻을 전하고 싶었습니다만……."

리오는 민망한 얼굴로 볼을 긁적이며 자신의 발언을 해명했다.

"흐음." "아하하."

라티파가 여전히 뭔가를 더 탐색하는 얼굴로 리오를 올

려다보았다. 리오는 어색한 얼굴로 쓴웃음을 짓고 있었다. 전투에서는 무패를 자랑하는 영웅이 여동생 한 명에게 속절없이 쩔쩔매는 모습이 우스웠던 것일까.

"후후, 아무것도 아니에요. 플로라가 괜한 소리를 한 것뿐이에요."

크리스티나가 키득키득 웃으며 리오를 옹호했다.

"그런가요?"

"네, 그러니까 아마카와 경을 너무 곤란하게 하지 말아 주세요."

그렇게 말하며 지은 크리스티나의 미소는 무척 우아하면서도 자애로웠다. 입가에 손을 살짝 얹은 품위 있는 동작은 마치 예술의 신이 그려낸 한 폭의 그림처럼 아름다웠다.

"……."

그 탓에, 그 자리에 있는 자들은 무심코 숨을 삼켰다.

"왜 그러시죠?"

"크리스티나 님은 정말 엄청난 미인이시네요."

어리둥절한 얼굴로 고개를 갸우뚱하는 크리스티나의 모습에, 사츠키가 감정을 듬뿍 실어 말했다. 그러자 그 자리에 있던 소녀들도 하나같이 동의한다는 뜻을 담아 열심히 고개를 끄덕였다.

"이, 이상한 소리 하지 마세요."

"언니는 참 귀엽기도 하죠."

얼굴을 붉히며 고개를 숙이는 크리스티나를 보며 플로

라가 자랑스러운 얼굴로 칭찬했다.

"플로라 언니가 자랑스러워 할 법한 언니네요. 저에게 있어 오빠와 같은 존재예요."

"네, 그러니까 방문했을 때는 언니와도 더 친하게 지내주세요."

"물론이죠. 그럼 오빠랑도 더 친해져야겠네요. 기대하고 있을게요!"

서로의 오빠와 언니까지 끌어들여 금세 의기투합한 여동생 콤비. 다음 숙박 모임 개최도 완전히 확정 사항이 되어 있었다.

"……정말이지."

크리스티나는 민망한 얼굴로 입술을 삐죽였다. 그렇게 드러난 맨얼굴에서는 어젯밤 남모르게 울던 소녀의 어두운 그림자는 어디에도 없었다.

'어젯밤에 있었던 일이 마치 꿈이었던 것 같네.'

그 모습에 리오도 무심코 착각할 것 같았다.

'하지만…….'

남들 앞이라 평소처럼 행동하고 있을 뿐, 사실은 지금도 마음속으로는 울고 있는 것이 아닐까? 그런 생각이 쉽게 지워지지 않았다.

"……."

리오는 남모르게 표정을 굳혔다.

"오빠?"

그러자 라티파가 리오의 얼굴을 조심스럽게 올려다보았다.

"응?"

"진지한 얼굴로 조용히 있길래. 무슨 일 있어?"

"아무것도 아니야. 다음엔 뭔가 더 다른 즐길거리가 있으면 좋지 않을까 생각하고 있었어."

친목을 더욱 다지기 위해—— 그렇게 말하며, 리오는 라티파를 향해 부드럽게 미소 지었다.

"즐길거리? 그거 좋다!"

"뭐가 좋을지 나중에 같이 생각해 볼까?"

"응!"

라티파가 씩씩하게 고개를 끄덕였다.

"계속 붙잡고 있는 것도 실례겠죠. 다음 일정이 정해지면 꼭 연락해 주세요. 오늘 밤이라도 괜찮으니까요."

리오는 소중한 여동생을 대하듯 온화한 미소를 지으며 크리스티나에게 당부했다.

"……알겠습니다. 그럼 말씀에 감사히 응하겠습니다. 오늘 밤은 회담이 예정되어 있지만, 가까운 시일 안에 연락드리겠습니다."

언제나 사양만 하던 크리스티나는 수줍게 미소 지으며 리오의 부탁을 받아들였다. 그리고 레스토라시온 일행은 저택을 떠났다.

【 제 2 장 】 ❖ 각오

크리스티나와 플로라는 가르아크 왕성 영빈관으로 돌아온 뒤 히로아키 일행과 헤어져 각자의 공무를 소화했다.

한편, 히로아키, 로아나, 레이, 코우타 네 사람은――.

"어쩐지 좀 졸리네. 낮잠이라도 잘까?"

자신의 방으로 돌아가는 길에 히로아키가 가볍게 하품을 하며 세 사람에게 말했다.

"어제는 방에서 술을 마시면서 늦게까지 시끄럽게 놀았으니까요. 저도 졸리네요."

코우타도 졸린 얼굴로 그를 따라 하품을 했다.

"알겠습니다. 그럼 오늘은 쉬는 걸로 하죠. 전 로자에게 좀 가볼게요."

레이는 피앙새가 있는 곳에 가려는 모양이었다.

"그럼 저녁 식사 시간이 되면 방으로 찾아뵙겠습니다."

"그래. 로아나도 푹 쉬어."

"감사합니다. 히로아키 님도 편히 쉬세요."

로아나는 정중히 인사하며 히로아키를 배웅했다.

"오냐."

히로아키는 손을 흔들어 인사해 준 뒤 그대로 자신의 방으로 향했다.

"그럼 저희도 실례하겠습니다, 로아나 씨."

"전 저녁도 로자와 함께 먹을 것 같아요."

"네, 수고 많으셨습니다."

그렇게 떠난 코우타와 레이를 배웅하고 나자 로아나는 복도에 홀로 남겨지게 되었다. 평소에는 히로아키 일행과 붙어다니는 것이 습관이 되어 있던 탓에 완전히 혼자가 된 것은 드문 일이었다.

'자, 그럼 이제 어떻게 할까요…….'

특별한 예정도 없었기에 시간이 비어버렸다. 물론 이대로 자신의 방으로 돌아가도 상관은 없었지만, 그것도 별로 내키지는 않았다.

'……산책이라도 해 볼까요?'

로아나는 통로를 되돌아 밖으로 나갔다. 딱히 목적지가 있는 것은 아니었기에 그대로 영빈관 근처를 돌아다니기 시작했다.

그렇게 걷기를 몇 분.

'……마음을 정리하고 싶은데, 생각이 정리되지 않네요.'

로아나는 고민스러운 표정으로 한숨을 푹 내쉬었다. 남들 앞에서 드러낼 정도는 아니지만, 마음속에 답답함을 가득 품고 있었다.

왜 이렇게 마음이 답답한지 자신의 기분과 마주하려 애써봐도 분석이 잘 되지 않았다.

'계기는 어제의 일……. 아니, **그에 관한 기억을 되찾은 후부터예요**. 답을 알기도 전에 전 아마카와 경의 정체가

그라는 것을 알아버렸어요…….'

로아나가 하루토 아마카와의 정체가 리오라는 것을 알게 된 것은 골렘과의 싸움이 끝난 직후였다. 유그노 공작과 똑같이, 싸우는 와중 소라가 말한 리오라는 이름을 들은 것이 발단이었다.

'하지만 확신까지는 가질 수 없었어요……. 아니, 모르는 척했어요.'

하루토 아마카와라는 명확한 입지를 구축한 리오에게 섣불리 파고들어도 되는 것인지, 온갖 갈등이 뇌리를 스치며 로아나는 결국 관망을 택했다.

'스튜어드가 그런 어리석은 짓을 저지르기 전에 제가 할 수 있는 일은 없었을까요?'

그렇게 생각했지만, 만일 로아나가 관망을 택하지 않았다 해도 따로 움직이기는 어려웠을 것이다.

'……아니, 그런 어리석은 짓은 미리 예측했다고 해도 도저히 막을 수 없었을 거예요.'

그도 그럴 것이, 스튜어드의 만행이 너무나도 어처구니없었기 때문이다.

'그야말로 앞서서 그의 정체를 공표하고 스튜어드를 처단하는 정도의 수를 쓰지 않는 이상 막을 수 없었겠죠.'

그렇게 되면 필연적으로 유그노 공작의 치명적인 정치적 스캔들로 이어진다. 레스토라시온이 유그노 공작파의 귀족들을 주축으로 구성되어 있는 만큼, 분명 조직의 근간을 흔드는 사태로 발전했을 것이다.

무엇보다 공표하기 위해서는 리오의 허락을 먼저 구할 필요가 있었고, 가르아크 왕국과의 협의도 필요했다.

'크리스티나 님도 유그노 공작이 암살 지시까지 내렸다는 사실은 모르셨던 것 같습니다만, 그렇기 때문에 그분의 동의를 얻어 사실을 은폐하고 계셨던 거겠죠.'

자신이 가진 정보를 바탕으로 그렇게 짐작하는 로아나. 결국 과거를 모른척 내버려 두는 것이 최선이었던 것일까?

'만약 그 야외 연습 때 스튜어드가 했던 증언을 거짓말이라고 단정했다면? 아니, 그 이전에 그가 학원 안에서 고립되지 않도록 도와줄 수 있었다면…….'

지금과는 상황이 달라졌을까? 그런 의심이 로아나의 안에서 끊임없이 맴돌았다. 하지만 당시 로아나는 누가 스튜어드를 밀쳐 플로라가 절벽에서 떨어질 뻔했는지를 목격하지 못했다.

게다가 유그노 공작가의 스캔들을 피하겠다는 정치적 이유로 내려진 결정이 바로 리오에 대한 누명이었다. 스튜어드가 거짓말을 하고 있다고 주장했다 한들, 쓰고 버리는 희생양이 되는 과거는 변하지 않았을지도 모른다.

혹은 만일 왕립학원의 학생이었을 무렵 크리스티나와 로아나가 리오를 옹호했다고 해도, 그것을 못마땅하게 여기는 학생이 나타났을 거라는 것도 쉽게 짐작이 가능했다. 크리스티나나 로아나가 곁에 있는 동안은 겉으로 반발하지 않았더라도, 보이지 않는 곳에서 쓸데없이 상황이 더욱 악화되었을 가능성도 있었다.

무엇보다 아이들 간의 다툼이 부모들 간의 다툼으로 번질 수 있는 것이 바로 귀족 사회였다. 왕권마저 약해져 가던 당시 정세에서 리오를 옹호한다는, 불필요한 분쟁을 일으킬 수 있는 리스크를 선택했을 리가 없다. 말 그대로 장차 리오가 얼마나 중요한 인물이 될지 미래를 알고 있지 않은 이상 절대 그런 선택은 하지 않았을 것이다.

사실 로아나도 야외 연습에서 스튜어드가 했던 진술이 의심스럽다는 생각은 어렴풋이 하고 있었다. 하지만 유그노 공작가와의 대립을 우려해 굳이 위험을 감수하지는 않았다.

'뭔가 달랐다면, 그가 우리와 함께 걷고 있는 미래도 있지 않았을까요? 그가 우리에게 힘을 빌려준다면 얼마나 든든했을까…….'

하지만 그럼에도, 아무리 염치없는 생각이라고 해도, 로아나는 그런 생각을 떨쳐낼 수가 없었다. 놓친 물고기는 그 정도로 큰 물고기였다. 게다가 레스토라시온이 처한 상황이 심각하게 좋지 않았다.

'유그노 공작에게 책임을 묻는 건 이미 피할 수 없는 일이에요. 그렇게 되면 레스토라시온은 어떻게 될지…….'

안 그래도 거점마저 잃고 세력이 쇠퇴해 가는 상황에서, 조직의 핵심을 담당하는 인물들의 스캔들이 최악의 형태로 드러나버렸다. 얼마나 위태로운 상황인지, 조직의 집정에는 관여하지 않는 로아나도 쉽게 알 수 있을 정도였다.

그렇기에 더더욱 지금의 상황에 이르지 않게 자신이 할 수 있었던 일은 없었을까, 혹은 지금부터라도 할 수 있는 일은 없을까, 로아나는 생각의 늪에 빠져 허우적거렸다.

'……아이러니한 일이군요. 레스토라시온의 미래를 걱정하고 있으면서, 생각의 중심에는 외부인인 그가 있어요. 그에게 미안한 마음을 느끼면서도 그를 의지할 수 없을까 생각하고 있다니.'

로아나는 씁쓸한 표정을 지었다. 자신이 안고 있던 가슴 속의 답답함을 드디어 말로 조금 풀어낸 기분이었다. 하지만 기분은 조금도 나아지지 않았다. 더 짙은 안개가 끼어버린 기분이었다.

'그랬군요. 분명 크리스티나 님은 이전부터 쭉…….'

그 순간, 로아나는 자신이 존경하는 크리스티나가 자신과 같은 고민을 아주 오랜 시간 품어왔을 거라는 사실을 이해했다.

'……아뇨, 똑같지 않아요. 같을 리가 없죠. 한 나라의 미래를, 조직의 지도자로서의 무게를 온몸에 짊어지고 온 크리스티나 님과 저를 동일선상에 놓는 것은 염치없는 일입니다. 제가 지금 느끼는 생각과는 비교할 수 없을 만큼의 고뇌나 갈등을 끌어안고 오셨을 터…….'

그럼에도 자신은 바로 어제까지 크리스티나가 남몰래

품고 있던 고민을 알아차리지 못했다. 어린 시절부터 크리스티나의 곁에 있는 것을 허락받은 입장임에도, 아무런 도움이 되지 못했다.

문득 깨닫고 보니 산책하고 있던 발걸음도 어느새 멈춰 있었다.

'참 한심하구나…….'

로아나는 강한 자책감에 사로잡혀 이를 악물었다. 그대로 영빈관 입구 부근에서 고개를 숙인 채 멈춰서 있을 때였다.

"……저, 로아나 님."

누군가가 조심스럽게 그녀의 이름을 불러왔다.

"어머……."

그곳에는 레스토라시온에 소속된 귀족 아가씨 두 명이 서 있었다. 한 명은 브란트 백작가의 영애 엘리제였고, 다른 한 명은 알베르트 백작가의 도로테아였다. 두 사람 모두 왕립학원 시절 크리스티나와 로아나의 동급생, 즉 리오의 동급생이었던 소녀들이었다. 특히나 엘리제는 야외 훈련 당시 리오와 같은 조였다. 그런 엘리제의 얼굴이 새파랗게 질려 있었다.

"……무슨 일이시죠?"

로아나가 의아한 얼굴로 물었다.

"저, 보다시피 엘리제가 안색이 좋지 않아서, 걱정이 돼서 이야기를 들어봤거든요. 그랬더니 스튜어드 군에 대한 이야기를 하더라고요…….”

도로테아가 엘리제의 등에 부드럽게 손을 얹으며 사정을 털어놓았다.

“아아…….”

로아나는 순식간에 대략적인 상황을 짐작하고 반응을 보였다. 그도 그럴 것이, 어제 스튜어드가 리오를 규탄했던 자리에 엘리제도 크리스티나나 로아나와 함께 호출되었다. 십중팔구 그때의 이야기라는 것을 짐작한 것이다.

“로아나 님은 어젯밤 아마카와 경의 집에 다녀오셨죠? 이야기를 들려주실 수 있을까요?”

엘리제는 애원하듯 부탁했다.

“무슨 이야기를 들려달라는 건지…….”

로아나는 곤란한 표정을 지었다. 저택에 묵었다고 하나, 로아나도 리오와 사적으로 깊은 이야기를 나눌 만한 기회가 있었던 것은 아니었다. 그렇기에 엘리제에게 알려줄 만한 이야기는 별로 떠오르지 않았다.

하지만 그런 로아나 이상으로 상황을 전혀 파악하지 못하고 있는 것이 바로 엘리제였다. 어제의 소동 당시 야외 연습에서 리오에게 불리한 증언을 해 버렸다는 것을 자백했기 때문에, 그 후 어떻게 되었는지 신경이 쓰여서 제정신이 아니었을 것이다.

‘……어쩔 수 없군요.’

한눈에 보기에도 겁에 질려있는 엘리제를 불쌍히 여긴

로아나는 작게 한숨을 내쉬었다.

"……알았어요. 따라오세요."

그리고 세 사람은 자리를 옮기게 되었다.

◇ ◇ ◇

"그래서, 무슨 이야기를 듣고 싶으신가요?"

로아나는 영빈관 응접실을 빌려 테이블 너머의 엘리제와 도로테아를 마주보고 앉았다. 그리고 단도직입적으로 엘리제에게 물었다.

"……."

엘리스는 동요와 긴장 탓인지 쉽사리 질문을 꺼내지 못했다.

"그럼 제가 여쭙고 싶습니다만, 아마카와 경의 정체는 정말 그가 맞는 건가요? 물론 믿지 않는 건 아닙니다만……."

그래서 옆에 앉은 도로테아가 먼저 질문을 던졌다. 엘리제에게서 미리 이야기는 들었겠지만, 갑자기는 믿기 어려운 이야기인 모양이었다.

"네, 저희가 초등부 1학년이었을 때 학원에 편입해 온 학생이라는 사실은 틀림이 없습니다."

"그렇, 군요……."

도로테아는 조금 어색한 듯 얼굴을 굳혔다.

그럴 만도 하다. 빈민가 출신의 고아라며 부당한 대우를 받던 당시의 동급생이 이웃나라에서 입신출세를 이루었다. 심지어 지금의 자신들은 그 이웃 나라에 신세를 지고 있는 입장이었다.

'무슨 생각을 하고 있는지 대충 짐작은 가네요. 저도 별반 다르지 않으니까요.'

로아나는 왕립학원 시절 동급생이었던 리오의 모습을 떠올리며 자조 섞인 미소를 지었다. 로아나와 리오의 만남은 왕도의 슬럼가에서 시작되었다. 처음에는 지저분한 아이 정도로만 생각했다. 고아니까 어쩔 수 없다고는 하나, 예의도 모르는 무례한 아이라고 생각했다.

다음으로 로아나가 리오와 만난 것은 또다시 슬럼가였다. 유괴된 플로라를 리오가 업고 있는 것을 보고 의심이 최고조에 달했었다. 크리스티나가 리오의 뺨을 때리지 않았다면 자신이 먼저 뺨을 때렸을 것이다.

세 번째로 얼굴을 본 것은 왕립학원 교실이었다. 첫 강의에서는 숫자조차 읽지 못했는데, 이후 학원 시험에서 어느샌가 학생들을 전부 제치고 크리스티나와 나란히 수석에 오른 기억이 선명하게 남아 있었다.

이후 로아나와 직접적인 교류는 거의 없었지만, 리오는 학생들에게 부당한 멸시를 당하며 학원생활을 이어갔다.

그런 인물이 이제는 이웃나라의 영웅이 되었다. 국왕에게 직접 성내 저택을 하사받아 거주할 것을 허락받는, 귀족으로서는 최고 위치에 군림하는 공작가조차 받을 수 없는 대우를 받고 있었다.

그러니 지금의 리오는 절대로 함부로 건드려서는 안 될 상대였다. 그런 인물이 강한 원한을 품을 법한 짓을 자신들은 과거에 골라서 해 왔으니, 죄책감을 넘어 위기감을 느끼는 것은 당연한 반응이었다.

"……."

도로테아는 완전히 할 말을 잃고 말았다.

"그 후에, 어떻게 되었나요? 저희는 이제부터 어떻게 되는 거죠……?"

그러자 이번에는 엘리제가 질문을 했다.

"딱히 아무런 일도 없을 거예요."

"……."

로아나는 간결하게 대답했다. 하지만 그 말이 내치는 것처럼 들렸는지 엘리제의 얼굴이 금세 굳어졌다.

"딱히 나쁜 의도로 한 말이 아닙니다. 아마카와 경의 저택에서 그 화제는 한 번도 나오지 않았으니까요. 극진한 대접과 환영을 받았고, 방금 돌아왔을 뿐입니다."

"……그런가요?"

"거짓말을 할 이유가 없지요. 애초에 아마카와 경에게 과거를 들춰낼 생각이 없다는 것은 당신도 그 자리에서 들어서 알고 있었을 텐데요. 저택에 초대해 주신 것은 그 발언에 거짓이 없다는 것을 저희에게 알리기 위한 것이었고요. 저는 그렇게 해석했습니다."

"그럼 초대받지 못한 저는……."

과거를 들춰내 처벌받아도 이상하지 않은 것 아닐까. 엘리제는 눈물이 울컥 쏟아질 것 같은 표정을 지었다. 상당히 엉뚱한 추측이었지만, 불안으로 제정신이 아닌 것이리라. 인간은 궁지에 몰리면 정상적인 사고를 하기 어려운 법이니까.

"당신은 애초에 초대받을 이유가 없었으니까요."

"그렇, 죠……."

엘리제는 몹시 충격받은 얼굴로 어깨를 축 늘어뜨렸다.

"하아, 그런 뜻으로 한 말이 아닙니다. 저도 원래라면 초대받을 이유가 없었는걸요. 어디까지나 크리스티나 님과 플로라 님, 그리고 히로아키 님의 덤으로 동행을 허락받은 것뿐입니다."

로아나가 어이없다는 얼굴로 한숨을 내쉬며 조금 성의 없게 말했다.

"하지만 전……."

처벌을 받아도 이상하지 않을 만한 행동을 했다며, 엘리제는 극심한 죄책감에 고개를 푹 떨구었다.

"확실히 돌이킬 수 없는 일을 해 버린 것은 사실입니다. 스튜어드와 유그노 공작의 보복이 두려웠다고는 하나, 당시 그에게 죄를 뒤집어씌우는 증언을 했으니까요."

"윽……."

로아나가 단도직입적으로 지적하자 엘리제의 어깨가 흠

칫 떨렸다.

"하지만 돌이킬 수 없는 짓을 한 건 당신뿐만이 아닙니다. 그 야외 연습에서 같은 조였던 저를 포함해, 왕립학원에서 부당한 대우를 받던 그에게 손을 내밀지 않았던 모든 이들이 같은 죄입니다. 도로테아, 당신도 마찬가지예요."

"……!"

이번엔 도로테아의 어깨가 겁에 질린 듯 떨렸다.

"정신 차리세요. 지금 우리가 느끼고 있는 자책의 무게를, 크리스티나 님과 플로라 님은 아무것도 모르던 저희들 몫까지 이전부터 전부 떠안고 계셨습니다. 심지어 크리스티나 님은 조직의 지도자로서 한 나라의 미래를 책임져야 하는 중압감마저 짊어지고 계시죠. 설마 그러진 않겠지만, 지금은 자신의 몸을 사리고 있을 때가 아닙니다. 조직을 위해 지금의 자신들이 무엇을 할 수 있을지 생각하세요."

과거 동급생 두 명을 질타하며 훈계하는 로아나.

'이건 제 자신에 대한 훈계이기도 합니다.'

하지만 속으로는 그런 생각도 품고 있었다.

"그런 짓을 저지른 이상 스튜어드에게는 마땅한 처분이 내려지겠죠. 유그노 공작도 무거운 처분을 면할 수 없을 겁니다. 그렇게 되면 레스토라시온의 앞날에도 큰 영향이 있을 거고요. 그건 이해하고 계십니까?"

"하, 하지만 저희 같은 사람들이 뭘 어떻게 할 수 있겠어요……."

로아나는 기분을 바꾸듯 한숨을 내쉬며 앞으로의 이야기를 했다. 엘리제와 도로테아는 불안한 얼굴로 약한 소리를 내뱉었다.

"……저도 마침 그것을 고민하고 있었습니다. 하지만 적어도 저희가 흐트러진 모습을 보이는 건 있을 수 없는 일이겠지요. 크리스티나 님의 부담만 늘어날 뿐입니다."

"……."

흐트러진 모습을 보였다는 자각이 있는 것인지 엘리제도 도로테아도 어색한 얼굴로 침묵했다.

"무슨 일이 일어나도 동요하지 않겠다. 크리스티나 님의 판단에 따르겠다. 평소와 다름없는 의연한 태도로 그것을 보여드려야 합니다. 현 상황에서 그건 말고 저희가 할 수 있는 일은 없을 테니까요."

로아나는 그렇게 말하고는 안타까운 얼굴로 입술을 깨물었다.

"그……."

도로테아가 어색하게 입을 열었다.

"뭐죠?"

"유그노 공작의 처분을 가벼이 해달라고 탄원할 수는 없을까요?"

"스튜어드를 처벌하는 이상, 처벌 사유의 공표는 피할 수 없습니다. 이유를 공표한 후에 처벌의 수위를 낮춰달라 청하는 것은 말이 안 됩니다. 그렇다고 이유를 덮어둔 채 처벌을 내리는 건 더더욱 나쁜 수겠죠.”

공작가라는 직위를 가진 인물을 처단하는 것이다. 처분 사유를 덮어놓고 처단한다면 다른 귀족들로부터 횡포라며 의심과 반감을 살 수 있었다. 게다가 스튜어드가 일으킨 소란에 대해 함구령이 내려지지도 않았다. 설사 지금부터 함구령을 내린다고 한들 의미는 없을 것이다.

“그럼 차라리 처분 자체를 보류하면…….”

“……그런 짓을 하면 염치없는 자라는 낙인이 찍힐 수도 있는데, 누구에게 탄원하고, 어떻게 원만하게 수습해 달라고 부탁한다는 거죠? 스튜어드나 유그노 공작이 저지른 죄는 없던 일로 치부하고 넘어갈 수 있는 일이 아닙니다.”

“그건…….”

탄원을 한다면, 처분 판단을 내리게 될 크리스티나나 피해자인 리오에게 자비나 도움을 구하는 수밖에 없었다. 하지만 도로테아는 가시방석에 앉은 것처럼 아무 말도 하지 못했다.

“이번 사태에 관해서는 외부 사람들이 왈가왈부하여 판단을 왜곡해서는 안 됩니다. 최종적으로 판단을 내리고 정면에 나서야 할 분은 크리스티나 님이시니까요.”

로아나는 단호하게 말했다.

‘그라면 크리스티나 님의 결론을 좌우할 수 있을지도 모릅니다만…….’

한편 그렇게 생각하는 마음이 완전히 없는 것도 아니었다.

실제로도 크리스티나의 마음을 움직일 수 있는 자가 있다면, 아마도 그것은 리오가 아닐까 생각했다.

증거는 바로 조금 전, 크리스티나가 저택을 떠날 때 리오 앞에서 내비친 부드러운 표정이었다. 미래의 여왕으로서, 나이에 걸맞은 소녀다운 표정을 쉽게 내비치지 않았던 여성이 있는 그대로의 맨얼굴을 드러낸 것처럼 보였다.

소꿉친구인 로아나조차 일상에서 그런 모습을 접할 기회는 거의 없었다. 그렇기 때문에 리오를 의지해야 하는 것이 아닌가 하는 선택지가 무심코 뇌리를 스치고 지나갔다.

'난 대체 무슨 생각을…… 그거야말로 정말 해서는 안 되는 일인 걸요.'

로아나는 스스로에게 강한 환멸을 느꼈다. 인간으로서의 도리 문제였다. 무슨 낯짝으로 리오에게 자비를 구하거나 도움을 청한다는 말인가.

'난 아직 그에게 사과하지도 않았는데…….'

그 생각에 이르렀을 때, 로아나는 무언가가 번뜩 떠오른 표정을 지었다.

'아, 그렇지…….'

리오에게 부탁을 할지 말지 고민하기 이전에, 자신은 아직 리오에게 사과조차 하지 않았다. 아니, 어색함이 앞선 나머지 리오와의 접촉을 무의식 중에 피하려고까지 하지 않았나. 사과조차 하지 않고 부탁을 하다니, 이치에 맞지 않았다.

'크리스티나 님이나 플로라 님은 이미 사죄를 하셨을 텐데…….'

그리고 리오와의 관계를 회복하기 위해 오늘날까지 부단히 애써왔을 것이다. 자신들은 그 혜택을 조건없이 나눠 받은 것에 지나지 않았다.

'사과도 하지 않고 그를 의지하려 했다니…… 정말 뻔뻔스럽구나.'

로아나는 자책감에 휩싸여 얼굴을 와락 찌푸렸다.

"레스토라시온의 앞날을 걱정하며 저희들끼리 의미없는 대화를 나누고 있는 것보다는, 먼저 해야 할 일이 있지 않을까요?"

그리고 입을 열었다.

"……그게 뭔가요?"

고통스러운 표정으로 침묵하고 있던 엘리제와 도로테아가, 서로의 얼굴을 마주 보며 조심스럽게 물었다.

"학원 시절의 일에 대해, 그에게 사과하는 게 먼저 아닐까요? 물론 그것으로 용서를 받을 수 있을지 어떨지는 별개의 이야기겠지만요."

거절당한다면 그뿐이다. 하지만 앞으로도 개인적으로 리오와의 관계를 쌓아 나가고자 한다면, 최소한으로 밟아야 하는 절차라는 것이 있었다. 로아나는 맞은편에 앉은 과거 동급생 두 명에게 그렇게 주장했다.

◇ ◇ ◇

그 무렵, 크리스티나는 유그노 공작을 자신의 집무실로 호출한 상태였다. 옆에 마내사를 대기시킨 채 응접실 집무 의자에 앉아 있었고, 그 맞은편에는 유그노 공작이 서 있었다.

"유그노 공작가에 대한 처분이 결정되었다."

크리스티나가 입을 열었다.

"겸허히 받아들이겠습니다."

유그노 공작은 숙연하게 고개를 숙였다.

"아직 처분을 선고하지도 않았는데?"

"어떤 처분이라도 달게 받아들일 생각입니다."

"……그래. 그렇다면 받아들이도록 해. 당신이 저지른 죄에 대한 벌을."

크리스티나는 그런 서론과 함께 입을 열었다.

"먼저, 스튜어드에게는 종신 노예형을 선고한다. 노예가 되어 가르아크 왕국에서 노역을 하게 될 것이다."

그리고 스튜어드에 대한 처벌을 가장 먼저 알렸다. 종신 노예형이란 귀족 직위를 박탈하고 죄인을 노동 노예로서 평생 살아가게 하는 형벌이었다.

명예를 중시하는 귀족들에게는 사형보다 더 큰 불명예로 여겨지는 벌이었다. 전쟁에서 위험한 전장에 투입되거나 위험한 광산에 배치되어, 언제 죽어도 이상하지 않은 환경에서 강제적인 노동을 해야 하기 때문에 사형 이상으로 힘든 벌이 될 수도 있었다.

"그렇습니까. 설마 제 대에 노예로 전락한 자가 나올 줄은……."

가문 역사상 최대의 오점이라며, 유그노 공작은 한탄스럽다는 듯 얼굴을 찌푸렸다.

"당신에게서는 공작위를 몰수하겠다. 대신 준남작의 직함을 부여하지."

그런 그에게, 크리스티나는 가차없이 벌을 선고했다.

작위의 몰수, 그것은 곧 유그노 공작가의 해체를 의미하는 것이었다. 공작위를 몰수하는 대신 준남작 직함을 부여하긴 했지만, 준남작은 세습되지 않는 일대 직함에 불과한 준귀족이었다.

"……알겠습니다."

유그노 준남작은 오랜 시간 입을 다물고 있다가, 아랫입술을 깨물며 체념한 듯 고개를 끄덕였다.

"왕족인 플로라에 대한 살인 미수, 그리고 그 은폐를 적극적으로 꾀한 행위는 대역죄에 해당한다고 판단한 것이 처벌의 근거다. 은폐를 위해 아마카와 경의 암살을 지시했다는 점도 고려했다. 이의가 있는가?"

"……없습니다. 대역죄로 인정되었음에도 사형을 선고받지 않은 시점에서 관대하게 느껴질 정도입니다."

"동감이야. 하지만 당신만큼 영향력 있는 남자가 죽어버리는 것도 곤란해. 조직에서 쫓겨나는 것도 곤란하지. 당신에게는 아직 해야 할 일이 남아 있어. 그것도 형벌에 포함된 거야."

그렇기 때문에 준남작이라는 직함만은 남겨준 것이라며, 크리스티나는 사실을 털어놓았다.

"……작위를 몰수당하고 귀족으로서의 명예를 잃은 제가 레스토라시온을 위해 할 수 있는 남아 있으리라고는 생각되지 않습니다. 살아있는 동안 수모를 당하고 뒤에서 손가락질 당하는 정도가 아닐까요?"

한때 공작으로서 귀족 최고위에 자리하고 있던 자가 모든 것을 잃었다. 유그노 준남작은 자조 섞인 미소를 지었다.

"그렇다 해도 당신이 파벌의 수장으로서 많은 귀족들을 이끌어 왔다는 사실은 변하지 않아. 그런 당신이 사라지면 레스토라시온에 머물 이유를 잃는 자들이 생길지도 모르지. 그렇게 되면 조직의 붕괴는 초읽기에 들어갈 테고."

"지금의 제가 무슨 말을 한다 한들 파벌에 있는 자들을 붙잡아둘 수 있을 것 같지는 않습니다만. 오히려 반감을 사서 조직에서 이탈을 부추길 수도 있습니다."

"그건 모르지."

크리스티나는 조금의 틈도 주지 않고 맞받아쳤다.

"……저를 대신할 사람을 찾아야 합니다."

유그노 준남작은 씁쓸하게 입을 다물고는, 크리스티나를 똑바로 바라보며 주장했다.

"당신을 대신할 사람은 없어. 지금의 레스토라시온에는 그런 우수한 인재가 남아있지 않아."

"그럼 조직 밖에서 우수한 인재를 불러들이면 됩니다."

"……애초에 유능한 인재라고 해도, 그게 대체할 수 있는 존재가 되는 건 아니지. 적어도 당신은."

담담하게 이야기를 이어가던 크리스티나가 여기서 살짝 눈을 동그랗게 떴다.

"그렇습니까? 그럼 더 쉽게 말씀드리겠습니다. 아마카와 경을 의지하십시오."

"이 시점에 그의 이름을 다시 꺼내다니……."

아들의 죄를 뒤집어씌우고 입막음으로 암살까지 지시한 구스타브 유그노라는 남자가, 과거를 덮어둔 채 리오를 의지하라는 말을 꺼낸 것이다. 그 두꺼운 철면피는 칼로 찔러도 뚫리지 않을 것 같았다. 이 정도로 뻔뻔하니 오히려 감탄이 나올 지경이었다. 크리스티나는 마른 웃음을 터뜨렸다.

"바로 이런 때이기 때문입니다. 조직의 붕괴는 이미 초읽기를 논할 단계가 아닙니다. 이미 초읽기가 시작되었습니다. 그야말로 보이지 않는 신의 손이라도 움직이지 않는 한 더는 그 누구도 초침을 멈출 수 없습니다."

"아마카와 경은 신이 아니야. 우리와 같은 사람이지."

맞다. 리오는 사람이다. 아무리 큰 힘이 있어도 한 개인에 지나지 않는다. 어젯밤의 포옹을 통해, 크리스티나는 그것을 피부로 느꼈다.

“하지만 그는 사람을 초월한 힘을 지니고 있습니다. 이제 그의 무용을 모르는 자는 이 성 어디에도 없지요. 그가 레스토라시온에게 도움을 주기로 했다고 공표한다면, 우리의 승리가 결정되었다고 떠벌린다 해도 코웃음 칠 사람은 없을 것입니다. 지금의 그에게는 그만한 명성이 있으니까요.”

“외부인인 그 한 명에게 모든 것을 맡겼으니 우리는 결과를 기다리면 된다. 그렇게 공표라도 하라는 건가?”

“그거 좋군요. 그에게 벨트람 왕도를 공격하게 하고 아르보의 목을 가져오게 하면 됩니다. 그것 말고는 방법이 없습니다.”

빈정거림을 담아 묻자, 유그노 준남작이 당당하게 대답했다. 그것이 경솔한 대답처럼 들린 것일까.

“농담하지 마라.”

크리스티나가 불쾌한 얼굴로 눈살을 찌푸렸다.

“농담을 하자는 게 아닙니다. 레스토라시온의 장래를 생각해서 진지하게 말씀드리는 겁니다. 지금 제가 말씀드린 대로 실행하신다면 모든 일이 잘 풀릴 겁니다.”

“……평소의 당신답지 않을 정도로 지나치게 희망적인 관측이군.”

“희망에 매달릴 수밖에 없는 절망적인 상황이기 때문입니다. 하지만 근거라면 있습니다. 지금까지 그가 이루어온 모든 위업. 그것들 모두가 근거입니다."
유그노 준남작은 확신을 담아 주장했다.
"……."
"당신께서 왜 그를 의지하는 것에 부정적이었는지, 지금은 알 것 같습니다. 저와 스튜어드를 곁에 남겨둔 채로는 도리에 맞지 않는다고 생각하셨기 때문이겠죠. 그래서 그를 의지하는 것을 완강히 거부해 온 것이고요."
크리스티나의 단정한 얼굴이 험악하게 일그러지는 것을 보고 유그노 준남작이 불편한 얼굴로 말했다.
"그렇다면 이 이상 그를 끌어들이지 않는 것이 도리라는 생각은 들지 않는가? 벨트람 왕국이 그에게 한 온갖 처사를 생각하면 그가 우리에게 도움을 줄 이유는 없어."
"과연 그럴까요?"
"……무슨 말이 하고 싶은 거지?"
"그는 정이 많은 인물입니다. 이대로는 세리아 군의 입장도 난처해질 것이라는 말을 전하면, 그 역시 남의 일로는 여기지 않을……."
"대답할 가치도 없군."
유그노 준남작이 말을 마치기도 전에 크리스티나는 말을 끊어버렸다.
"……어째서지요?"
"대가를 치르기는커녕 세리아 선생님을 흥정의 도구로 쓰다니 있을 수 없는 일이야."

"흥정이라고 한 적은……."

"그게 흥정이 아니면 뭐라는 거지? '이대로 가면 세리아 선생님의 입장도 난처해집니다. 어쩌실 건가요?'라고 따져 묻기라도 하라는 건가?"

"그건 말하기에 따라 다르겠지요."

"다르게 말한다고 한들 전하려는 내용이 달라질까?"

"그건……!"

"애초에 세리아 선생님은 내 지시로 아마카와 경에게 파견되어 있는 거다. 레스토라시온보다 아마카와 경의 이익을 우선하라고는 말도 전했지. 레스토라시온이 무너지더라도, 나는 그 지시를 철회하라는 명을 내릴 생각은 없어."

"여기까지 와서 대체 무슨 안일한 말씀을 하시는 겁니까! 레스토라시온의, 아니 나라의 존망이 걸린 벼랑 끝의 상황 아닙니까? 이대로 아르보 공작을 방해하는 세력이 사라지면 정말로 나라를 빼앗길지도 모릅니다. 상황을 악화시킨 제가 이런 말을 할 입장이 아니라는 것은 알지만, 이 상황을 타개하기 위해 위정자로서 당신의 각오를 보여주셨으면 합니다."

유그노 준남작은 날카로운 어조로 크리스티나를 몰아붙였다.

"……아마카와 경에게 부탁해서 아르보 공작을 제거한다. 확실히 그 일을 실행해줄 수 있다면 수월하겠지. 우리는 아무것도 하지 않고 정적을 제거할 수 있으니까. 솔직히 생각해 본 적이 한 번도 없다고 하면 거짓말일 거야."

크리스티나가 탄식하며 말했다.

"그렇다면……!"

"하지만, 그것으로 아르보를 배제할 수 있다고 해도, 얼마나 많은 국내 귀족이 우리를 지지해 줄 것 같나? 현시점에서 아르보를 따르는 귀족들은 보복이 두려워 지금보다 더 강하게 우리를 배척하려고 하지 않을까? 아르보가 사라진다고 해도 우리가 소수파라는 사실은 변하지 않아. 진흙탕 싸움, 아니, 피로 얼룩진 끔찍한 내전이 일어난다 해도 이상하지 않지. 그럼 그렇게 되지 않게 아르보 공작파의 주요 귀족들도 빠짐없이 제거해 달라고 아마카와 경에게 부탁할까?"

머리만 갈아 끼운다고 해서 몸이 움직이지는 않는다. 궁지에 몰려 안이한 선택을 내린 끝에 도달하게 될 미래는, 과연 어떤 모습을 하고 있을까?

리오를 의지하고, 힘으로 문제를 해결했을 경우에 생길 다음 문제를, 크리스티나는 담담히 설명했다.

"아마카와 경의 무력으로 정쟁을 해결한다는 선택지가 정말 나라의 미래를 위한 것일까? 가장 편한 선택지는 결국 가장 근시안적인 선택지가 아닐까?"

크리스티나는 맑은 눈동자로 유그노 준남작을 바라보며 물었다.

"……하지만, 이대로 가다가는 레스토라시온이라는 조

직이 소멸하고 말 겁니다."

유그노 준남작은 반박하면서도 시선을 피하고 말았다. 크리스티나의 예측이 높은 확률로 일어날 수 있는 미래라는 사실을 부인할 수 없었기 때문이었다.

"그럴지도 모르지……. 하지만 난 조직을 위해 필요하다고 해도 최소한으로 지켜야 할 규칙은 있다고 생각해. 그것은 법이기도 하고 때로는 윤리이기도 하지. 조직에 필요한 것처럼 보여도 선불리 내려서는 안 되는 판단도 있어. 당신이 과거에 아마카와 경의 암살을 지시해서 입막음을 시도했던 것처럼 말이야."

"……."

자신의 과오를 들춰내는 말에 유그노 준남작은 씁쓸하게 얼굴을 일그러뜨렸다.

"하지만 이상론만을 늘어놓고 문제를 해결하지 못한다면 위정자로서 무능한 거겠지. 그건 나도 알고 있다. 그래서 다시 본론으로 돌아와 어떻게 하면 좋을지 말해 보자면…… 조금 전 내게 위정자로서의 각오를 보여 달라고 했지."

"……네."

"바라던 바야. 하지만 각오를 보여야 하는 것은 당신도 마찬가지야. 나라를 위해 당신이 어디까지 할 수 있는지 알고 싶군."

"이미 작위마저 잃은 몸입니다. 그런 제가 드릴 수 있는 것이 남아 있다면 무엇이든 바치겠습니다. 할 수 있는 일도 전부 하겠습니다.”

“……그 말에 거짓은 없겠지?”

크리스티나가 단호한 목소리로 물으며 유그노 준남작을 똑바로 바라보았다.

“네.”

유그노 준남작은 한치의 망설임도 없이 고개를 끄덕였다.

약 한 시간 뒤. 유그노 준남작이 방을 나가고 실내에는 크리스티나와 호위인 바네사만이 남아 있었다.

“…….”

바네사는 골똘히 생각에 잠긴 얼굴로 서 있었다.

“할 말이 있으면 해. 어떤 헛소리라 해도 한 번은 들어 줄게.”

크리스티나는 그런 그녀를 한번 흘깃 보더니 입을 열었다.

“……유그노 공작, 아니, 준남작이 말씀하신 것처럼 아마카와 경을 의지할 수는 없는 겁니까? 그의 힘이 있다면 지금부터라도…….”

바네사가 입술을 떨며 물었다.

“지나고 후회한들 소용없지. 이미 지난 일을 후회해 봐야 더는 돌이킬 수 없어. 비록 가시밭길이라 해도, 우리는 앞으로 나아가야만 해.”

크리스티나는 그렇게 말하고는 굳은 눈빛으로 창밖을 바라보다가, 대답을 기다리지 않고 지시를 내렸다.

"알프레드를 불러 줘."

"……알겠습니다."

바네사는 입술을 굳게 다물고 방을 나섰다.

알프레드 에마르. 바네사의 친오빠이자 왕의 검으로서 벨트람 왕국에서는 그 이름을 모르는 자가 없는 최강의 검사였다.

알프레드는 과거 크리스티나가 벨트람 왕국 왕도를 빠져나가 도주를 시도했을 때, 리오와의 싸움에서 패해 샤를과 함께 레스토라시온의 포로가 되었다. 이후 왕의 검의 증명인 단죄의 광검(플래시 저지먼트)과 샤를의 신병이 본국 정부에 반환되었고, 로다니아가 함락된 지금도 그만은 유일하게 포로 생활을 이어가고 있었다.

"실례하겠습니다."

바네사가 오라비를 대동하고 크리스티나의 방으로 돌아왔다. 책상 위에는 조금 전까지는 없었던 직사각형의 나무 상자가 놓여 있었다.

"……이렇게 얼굴을 마주하는 건 오랜만인 것 같군."

"네."

알프레드는 목과 손에 마봉의 족쇄가 채워져 있었지만, 포로라고는 믿기지 않을 만큼 당당하게 크리스티나의 시선을 받아들였다.

“포로가 된 후 넌 이렇게 말했었지. 아버님으로부터 자신의 사명을 다하라는 명령을 받고 내 추적대에 합류했다고. 그 사명은 나를 지키라는 내용이었고.”

불필요한 서론은 꺼내지 않고, 곧바로 본론으로 들어가는 크리스티나.

“네.”

“그럼에도 벨트람 왕국과 가르아크 왕국의 국경 부근에서, 넌 나를 포박하기 위해 전투를 걸어왔다. 맞지?”

“그렇습니다.”

“그 언행에 모순이 있다고 내가 지적하자 넌 이렇게 대답했지. ‘현 상황에는 더 드릴 말씀이 없습니다’라고.”

조사 때 오간 말들을 빠짐없이 외운 것인지 크리스티나는 당시 알프레드의 진술을 정확히 읊었다.

“기억하고 있습니다.”

알프레드는 자신의 의견은 일절 입에 담지 않고 차분히 대답했다.

“그 현 상황이라는 건, 달라졌나?”

“……상황에 따라 다릅니다. 그것을 확인하기 위해, 죄송하지만 저도 한 가지 질문을 드려도 되겠습니까?”

알프레드가 질문을 받아쳤다.

"상관없다."

"크리스티나 님은 레갈리아를 이용하여 벨트람 국왕으로의 즉위를 선언하셨다고 들었습니다."

"그래. 대관식은 아직이지만 잠정적인 여왕의 지위를 갖고 있지."

"그렇다면 저는 달라졌다고 받아들일 겁니다."

"즉, 중요한 것은 내가 왕위에 있는지 여부라는 말인가. 왕의 검인 이상 네 충성은 오직 왕에게만 바쳐진다. 그런 뜻인가?"

"……말씀하신 대로입니다."

알프레드는 조금 민망한 듯, 그렇지만 엄숙하게 고개를 숙였다.

"그렇다면 어째서 아버님의 명령에 반하는 행동을 한 것이지? 만일 추적 과정에서 나를 포박했더라면 그대로 왕도로 데려갔겠지?"

그렇게 되면 '내 사명을 완수하고 딸을 지켜라'라는 국왕 필립 3세의 명령을 명백하게 위반한 것이 아닌가. 크리스티나는 그렇게 조목조목 따지며 알프레드를 몰아세웠다.

"다시 한번 묻겠다. 네 충성은 누구에게 향해 있지?"

이것이 가장 묻고 싶은 질문이었을 것이다. 그녀는 알프레드가 첫 번째 질문에 대한 대답을 하기도 전에 진짜 하고 싶은 질문을 계속 던졌다.

"……폐하입니다. 예나 지금이나 그 사실이 변한 적은 한 번도 없습니다. 하지만 솔직히 말씀드리면, 폐하께서 내리신 명령을 어떻게 완수해야 할지 그 시점의 저는 판단하지 못했습니다."

"어째서?"

"정보가 부족했기 때문입니다. 폐하께서 명령하신 자리에는 아르보 공작과 샤를도 함께 있었기 때문에, 크리스티나 님의 도주가 어디까지 폐하의 의도에 의한 것인지 파악할 수 없었습니다."

"그런 상황에서 공공연히 추적대를 배신하고 내 편으로 돌아서면, 아버님의 입장이 난처해지진 않을까 우려했다는 거군. 왕의 검인 네 행동은 모든 것이 곧 아버님의 뜻이라고 간주될 수 있으니까."

희미하게 짐작은 하고 있었는지, 크리스티나는 알프레드가 처해 있던 딜레마를 금세 짐작했다.

"……말씀하신 대로입니다. 죄송합니다."

알프레드는 씁쓸한 표정으로 사죄했다.

"왕의 검으로서의 입장에 충실했을 뿐이지. 사과할 필요는 없다. 게다가 정보가 부족해서 널 완전히 신뢰하지 못한 것은 나도 마찬가지야. 나라를 떠날 때까지는 아르보의 손길이 닿은 귀족에게 감시당하고 있던 탓에 의심이 점점 깊어졌지. 왕의 검인 너도 완전히 믿을 수는 없었어."

크리스티나는 자조하며 당시 자신의 심경을 토로했다.

"하지만 지금은 아니다. 나는 벨트람의 여왕이 되었지.

너도 나를 왕으로 인정하고 있다고 봐도 되는 거겠지?"

그녀가 물었다.

"네."

알프레드는 힘주어 고개를 끄덕였다.

"그렇다면 벨트람의 여왕 크리스티나가 묻겠다."

그러자 크리스티나가 위엄 있는 말투로 선언했다. 그와 동시에 책상 위에 올려놓은 나무 상자의 뚜껑을 열고 몸을 일으켰다. 안에는 한 자루의 검이 들어 있었다.

"……예."

알프레드는 마봉의 족쇄에 묶인 채로 그 자리에서 경건하게 무릎을 꿇었다. 크리스티나는 검을 꺼내 알프레드에게 다가갔다. 그리고 소리 없이 칼집에서 검을 빼들고 알프레드의 어깨에 얹었다.

"그대는 짐의 검이 되기를 원하는가?"

크리스티나가 짧게 물었다.

"원합니다."

"그대는 짐을 지키기 위해 검을 휘두를 것인가?"

"휘두르겠습니다."

"그대는 짐이 원하는 대로 검을 휘두를 것인가?"

"휘두르겠습니다."

"그럼 약식이지만, 그대를 짐, 크리스티나 벨트람의 검으로 인정한다."

크리스티나는 그렇게 말하고는 검을 들어 다시 칼집에

넣었다.

"바네사, 알프레드의 족쇄를 풀어라."

그리고 이어서 곁을 지키고 있던 바네사에게 명했다.

"……명 받들겠습니다."

바네사는 조용히 고개를 끄덕이고 오라비에게 다가갔다. 지니고 있던 열쇠를 사용해 족쇄를 풀었다. 자유를 되찾은 알프레드를 보고 크리스티나는 검을 내밀었다.

"받아. 단죄의 광검이 아니라 미안하지만, 네 검이다."

잠정적인 것이라고는 해도 국왕의 지위에 오른 이상 크리스티나에게도 왕의 검을 선정할 권한은 당연히 있었다.

그러나 즉위를 선언한 이후 오늘에 이르기까지, 왕의 검을 지명한 적은 없었다. 그 이유는 알프레드 이상으로 왕의 검에 적합한 인물은 달리 없다고 판단했기 때문일지도 모른다.

"……."

알프레드는 무릎을 꿇은 채 조용히 검을 받아들었다.

더 이상 그를 묶을 족쇄는 없었다. 만일 지금 이 순간 알프레드가 마음을 바꾼다면 크리스티나는 속수무책으로 포로가 되고 말 것이다.

"지금 이 순간부터 넌 왕의 검으로 복직하게 된다. 힘을 빌려주겠는가?"

하지만 크리스티나는 알프레드의 배신을 조금도 두려워하지 않는 것인지, 각오를 담은 눈빛으로 협조를 당부했다.

"폐하의 뜻대로."

알프레드는 검을 공손히 양손으로 들어 올렸다.

"그럼 일어나도록. 앞으로의 일을 설명하마."

그렇게 얻게 된 왕의 검을 그 손에 쥐고, 크리스티나는 내일을 향한 첫걸음을 힘차게 내딛었다.

【 제 3 장 】 ❈ 영향

다음 날 정오 무렵. 유그노 준남작과 스튜어드에 대한 처분 내용과, 알프레드 에마르가 왕의 검으로 레스토라시온에 합류했다는 사실이 레스토라시온 조직원들에게 공표되었다.

조직을 일으켰던 대귀족의 실각과 나라에서 가장 명성 높은 기사 중 한 명이 조직에 가담했다는 사실은 레스토라시온에 큰 충격을 불러왔다. 특히 젊은 말단 구성원들에게는 사기 진작 효과가 컸고, 어딜 가나 그 소문이 화젯거리가 되었다.

그런 와중, 크리스티나는 플로라와 함께 리오의 저택을 방문했다. 새로이 왕의 검으로 취임한 알프레드와 여동생 바네사도 호위로 동행했다.

"시간을 내주셔서 정말 감사합니다. 하루 만에 다시 찾아뵈어 죄송하지만, 보고드릴 일이 몇 가지 있습니다."

크리스티나는 플로라와 나란히 소파에 앉은 채 맞은편 소파에 앉아 있는 리오에게 말을 꺼냈다.

참고로 리오의 양 옆에는 세리아와 샤를로트가 앉아 있었고, 그 뒤에는 고우키와 샤를로트의 전속 기사인 루이즈가 서 있었다.

"들어보겠습니다."

"우선은 보시다시피 알프레드가 레스토라시온에 합류했습니다. 정확히는 여왕인 저를 왕의 검으로서 따라주고 있는 상태입니다."

크리스티나가 등 뒤에 서 있는 알프레드를 한번 바라보며 설명했다.

"그렇군요……."

리오도 알프레드의 얼굴을 잠깐 보았다. 호위로서 동행하고 있는 시점에서 무슨 일이 있었는지는 어렴풋이 짐작하고 있었지만, 그녀의 말을 듣고 완전히 납득했다.

"과거에는 제 앞을 가로막고 아마카와 경과 칼을 맞대기도 한 남자입니다. 인사도 드릴 겸 사과드리는 것이 도리라고 생각하여 데려왔습니다."

"그때는 폐를 끼쳐서 대단히 죄송했습니다."

알프레드는 한 발짝 앞으로 나오더니 리오에게 깊이 고개를 숙였다.

"아니요, 저야말로 부상을 입히기도 했고, 사실은 세리아의 결혼식 때도 검을 한번 맞댄 적이 있어서……."

리오는 상당히 난처한 얼굴로 그렇게 말하고는 옆에 앉아있는 세리아를 바라보았다. 그러자 알프레드는 금세 알아차렸다.

"세리아 군의 결혼식……? 설마, 그때 그 후드를 쓴 남자……."

퍼레이드에 갑자기 난입해 신부 세리아를 낚아채 간 후

드의 인물을 떠올린 것이다.

“그때는 큰 소란을 피워 대단히 죄송했습니다.”

리오가 몸을 일으켜 고개를 깊이 숙였다.

“아마카와 경이 사과할 일이 아닙니다. 부디 앉으세요.”

그것을 크리스티나가 황급히 제지했다.

“오히려 알프레드와의 싸움에서는 오피아 씨도 부상을 입은 것으로 기억하고 있습니다. 괜찮으시다면 그녀에게도 직접 사과를 하고 싶습니다만…….”

이어서 이 자리에 없는 오피아의 이름을 대며 화제를 돌렸다.

“알겠습니다. 그럼 나중에 오피아 씨도 부르겠습니다.”

리오가 미안함이 담긴 얼굴로 고개를 끄덕이며 자리에 앉았다.

“사실 그 밖에도 당신에게 직접 사과하고 싶다고 자발적으로 탄원한 사람들이 있었습니다. 오늘은 데려오지 않았습니다만…….”

크리스티나가 조심스럽게 새로운 이야기를 꺼냈다.

“그런, 가요? 대체 어느 분이……?”

“로아나와, 당시 저희와 같은 반이었던 여학생 두 명입니다. 학원 시절 보인 태도에 대해 반성하고 있다면서…….”

“……특별히 사과받을 이유는 떠오르지 않습니다만.”

고개를 젓는 리오. 그 목소리는 평온했다.

“죄송합니다.”

"왜 크리스티나 님이 사과하시는 거죠?"

리오가 난감해하며 시선을 피했다. 그러다 옆에 앉은 세리아와 눈이 마주쳤고, 곧 다시 부드러운 미소로 바뀌었다.

"……알겠습니다. 그럼, 편하실 때에 다 함께 와 주세요."

리오는 제안을 받아들였다.

"감사합니다, 하루토 님."

플로라가 생글생글 웃으며 감사의 말을 전했다.

"죄송하지만, 한말씀 드려도 괜찮겠습니까?"

그때, 알프레드와 나란히 서 있던 바네사가 갑작스럽게 입을 열었다.

"무슨 일이지?"

크리스티나가 의아한 얼굴로 물었다.

"그, 과거의 일로 저도 아마카와 경에게 사죄해야겠다는 생각이 들어서……."

"대체 무슨 일을요?"

리오도 의아한 얼굴로 고개를 갸우뚱했다.

"슬럼가에서 처음 만났을 때 검을 들이댄 것도 그렇지만, 그 이후 성으로 연행한 뒤 인수인계가 미흡하여 샤를의 개입을 허락하고 말았습니다. 정말 죄송합니다."

그 바람에 당시 리오는 샤를에게 고문 조사를 받게 되었다며, 바네사는 머리를 숙여 사과했다.

"아아……."

리오는 곧바로 이해한 표정을 지었다.

"죄송합니다. 그 일은 제 탓이기도 합니다."

발단은 자신의 유괴 사건이었다며, 플로라가 고개를 푹 숙였다.

"이미 오래전 일이라 신경 쓰지 않습니다. 알프레드 씨도 무슨 일인지 모르시는 것 같고요."

리오는 실로 평온한 어조로 말하며 모든 것을 용서하듯 미소 지었다. 그리고 조금 어리둥절한 표정을 짓고 있는 알프레드를 바라보았다.

"그러고 보니 아직 알프레드에게는 아마카와 경의 과거를 설명하지 않았군요."

크리스티나가 말했다. 설명할 기회는 있었겠지만, 당사자가 없는 자리에서 사생활을 함부로 떠들고 싶지 않았을지도 모른다.

"그럼 다시 한번 정식으로 인사하겠습니다. 하루토 아마카와라고 합니다만, 과거에는 리오라는 이름으로 벨트람 왕립학원에 다녔습니다. 당시에는 검은 머리였습니다만……."

기억하고 계신가요?

리오는 알프레드를 향해 자기소개를 했다.

"설마, 학원 대항 시합에서 샤를에게 승리했던……."

뇌리에 아직 어린 리오의 모습이 선명히 떠올랐는지 알프레드는 눈을 크게 뜨고 리오의 얼굴을 바라보았다.

"벌써 4년도 더 된 일이네요. 경기에서 이긴 후 조금 다툼이 있어서 알프레드 씨가 중재를 해 주셨던 것으로 기억

합니다. 그때는 감사했습니다."

"다퉜다기보다는 그 남자가 일방적으로 시비를 걸었던 것이죠. 학생을 상대로 진심으로 이기려 들고선 패배조차 순순히 인정하지 못 하다니…… 당시 근위기사단장으로서 당연히 해야 할 일을 했을 뿐입니다. 오히려 부끄러운 모습을 보였습니다."

당시 샤를 아르보의 실책을 떠올리며, 알프레드는 진심으로 머리가 아픈 얼굴로 리오에게 고개를 숙였다.

"아니요, 정말로 당시의 일은 다 잊었습니다. 그보다 본론으로 돌아가죠. 아직 하실 말씀이 더 있으신 거죠?"

당시의 일로 연달아 사과를 받아 어색해진 리오가 화제를 돌리기 위해 크리스티나에게 말을 건넸다.

"네. 이것이 본론입니다만, 스튜어드와 유그노에 대한 처분을 정식으로 내렸습니다. 방금 전에 공표도 마친 상태입니다."

크리스티나는 반듯한 자세를 더욱 고쳐 앉고 리오를 바라보았다.

"그런, 가요."

"관심 없으실지도 모르지만, 언젠가는 귀에 들어갈 정보입니다. 원하신다면 이 자리에서 전해 드리겠습니다."

"……알겠습니다. 듣겠습니다."

리오는 씁쓸한 얼굴로 볼을 굳혔다.

"먼저 스튜어드에게는 종신 노예형을 선고했습니다. 머

지않아 노예가 되어 가르아크 왕국에서 노역을 하게 될 것입니다."

"……그렇군요."

"다음으로 유그노에게서는 공작위를 몰수하고 그 대신 준남작 지위를 부여했습니다. 앞으로도 계속해서 레스토라시온에 소속된 채로 지내게 될 텐데……."

"……."

"괜찮을까요?"

침묵하는 리오의 안색을 살피며 크리스티나가 물었다.

"……처분의 내용에 이의는 없느냐, 라는 겁니까?"

"네."

"그렇다면, 없습니다. 그보다, 제 과거의 일은 덮어두고 처분도 보류해 두는 편이 레스토라시온에 더 이득이 되리라고 생각합니다만……."

문제가 없는지 묻고 싶은 것은 이쪽이라는 듯이 리오가 말했다.

"괜찮습니다. 한 사람의 잘못이 조직 전체의 발목을 잡습니다. 그렇다고 해서 일어난 잘못을 없던 일로 만드는 더 큰 잘못을 반복할 수는 없습니다. 이번 사태가 바로 그러한 되돌릴 수 없는 큰 실수 중 하나였으니까요. 미래로 나아가기 위해서라도, 같은 실수는 이제 두 번 다시 저지르고 싶지 않습니다."

그렇게 말하는 크리스티나의 말에는 이루 헤아릴 수 없

는 각오가 담겨 있었다.

"……."

리오가 눈을 크게 떴다. 아직 어린 소녀에게서 군주의 기개를 느꼈는지, 리오의 등 뒤에 선 고우키도 감탄한 얼굴로 눈을 동그랗게 뜨고 있었다.

◇ ◇ ◇

그 무렵.

가르아크 왕성 내의 집무실을 방문한 인물이 있었다.

"이게 누구신가. 기다리고 있었습니다."

집무실의 주인── 그레고리 공작이 우락부락한 얼굴에 미소를 띠었다. 살집 있는 양팔을 벌려 손님을 환대했다.

"급한 면담 신청에도 바로 응해 주셔서 감사합니다."

"아니요, 상대가 각하라면 기꺼이 시간을 내야지요. 아드님에 대한 일도 신경이 쓰였으니까요."

"지난번에는 저희 바보 같은 아들놈이 큰 폐를 끼쳐서 죄송합니다."

손님── 유그노 준남작이 깊이 고개를 숙였다.

"아뇨아뇨, 저야말로 미안한 짓을 하고 말았습니다. 그렇게 되기 전에 자녀분을 말릴 수 있었더라면 좋았을 텐데요……."

실제로는 그레고리 공작이 스튜어드를 부추겨 폭주하게

만든 것에 가까웠지만 말이다.

"모든 것은 제 아들놈 잘못이고 부모인 제 불찰입니다. 각하를 탓할 생각은 추호도 없습니다."

유그노 준남작은 원망의 기색 하나 내보이지 않고 단언했다.

'흠, 틀림없이 이전번 일로 불평 한마디라도 하러 온 줄 알았더니…….'

다른 용건이 있는 것일까? 그레고리 공작은 고개를 숙인 유그노 준남작을 날카로운 눈으로 바라보았다.

"제가 뭔가 도울 일이 있으면 좋겠습니다만……."

그러면서도 실로 걱정스러운 얼굴로 조심스럽게 입을 열었다.

"그렇다면, 오늘은 다른 일로 찾아뵈었으니 그쪽 이야기를 들어주셨으면 좋겠습니다."

"흠. 뭐, 이야기를 듣는 것뿐이라면 좋지요. 앉으세요."

역시 뭔가 할 얘기가 있는 모양이었다. 그레고리 공작은 앉을 것을 권하며 유그노 준남작과 마주 앉았다.

"이야기라는 것은 다름이 아니라, **일전의 복잡하게 얽힌 이야기에 대해서입니다**."

"호오, 요전날의……."

이 말만 하면 다른 사람이 듣기에는 무슨 말인지 전혀 알 수 없었지만, 이 두 사람 사이에서는 통하는 화제였다.

실제로 바로 얼마 전 '복잡하게 얽힌 이야기가 있다'라는 말을 하며, 아직 공작이었던 유그노 준남작에게 그레고리 공작이 제안한 이야기가 있었기 때문이었다.

즉…….

——국경을 초월한 귀속의 교제라는 것도 있지 않겠습니까? 공작님과 은밀히 만나 대화를 나누고 싶다는 사람이 있습니다.

"기억하고 계십니까?"

유그노 준남작은 눈을 가늘게 뜨며 맞은편에 앉은 그레고리 공작에게 물었다.

"물론이지요."

"그렇다면 이야기는 빠르겠군요. 분명 대관식 때까지 대답을 달라고 했던 것으로 기억하는데, 맞습니까?"

"네."

흥미롭게 되었군—— 그레고리 공작은 씨익 하고 입매를 비틀며 가볍게 고개를 끄덕였다.

유그노 준남작과 그레고리 공작이 대화를 나누고 있을 무렵.

가르아크 왕성의 지하 감옥으로 이어지는 계단에 발을 들여놓는 자가 있었다. 이름은 피에르. 유그노 준남작 가문의 차남이자 스튜어드의 동생이었다. 이제 곧 열네 살이 된다.

'젠장, 젠장!'

피에르는 분노에 휩싸여 있었다. 눈에는 핏발이 서 있었고, 주먹을 꽉 쥐고, 돌바닥을 쾅쾅 밟는 발소리에도 숨길 생각이 없는 분노가 담겨 있었다.

'그 자식 때문에, 그 자식 때문에! 왜 나까지……!'

모든 것은 형인 스튜어드의 탓이었다. 유그노 공작이 유그노 준남작이 되어버리는 바람에 피에르도 공작가의 후계자라는 자리를 잃고 말았다. 아니, 더 이상 귀족조차 아니었다. 지금의 피에르는 그저 평민이었다.

보통은 공작가의 자제라면 지위나 작위가 없더라도 준귀족 대우를 받는다. 하지만 준남작 자제가 되면 그렇게는 되지 않는다. 세습할 수 있는 작위가 존재하지 않는다는 이유로, 신분상으로는 그저 평민의 범주에 속하게 되는 것이다.

유그노라는 가문명도 준남작인 구스타브 개인에게만 남겨졌기 때문에, 피에르는 엄밀하게 따지면 더 이상 유그노라는 호칭을 쓸 수 없었다.

'웃기지 마! 웃기지 마! 웃기지 말라고!'

분노로 인해 피가 거꾸로 솟는 피에르. 그 눈동자에는 살의가 섞인 타오르는 듯한 증오가 깃들어 있었다.

한편, 가르아크 왕성의 지하 감옥.

불빛 하나 없는 어둡고 음습한 독방 안.

"……."

스튜어드는 모든 것을 내려놓은 사람처럼 돌바닥에 몸을 웅크리고 앉아 있었다. 감옥에 끌려왔을 당시에는 고함을 치고 소란을 피웠지만, 소동이 일어난 지 이틀이 지나자 이제는 완전히 잠잠해졌다.

독방에는 굳게 잠긴 철제문 외에도 실내를 반으로 가르는 철창이 설치되어 스튜어드를 외부로부터 철저히 격리하고 있었다. 스튜어드가 아무리 소리를 지른다 해도, 문 너머에 누가 있는지조차 알 수 없었다.

지난 이틀 동안 식사를 가져다줄 때 외에는 그 누구도 방에 들어오지 않았고, 이미 소리칠 기력은 완전히 사라진 것처럼 보였다.

하지만 그 순간.

철컹, 하고 문이 열렸다.

"윽?!"

스튜어드가 번쩍 고개를 들었다. 통로에서 쏟아지는 빛이 눈부셔 눈을 가늘게 떴지만, 사람의 그림자가 세 개 보였다. 그중 한 명이 문 옆에 놓인 마도구를 건드려 불을 밝혔다. 동공이 수축하며 시야가 천천히 돌아오자, 스튜어드의 눈에 생기가 돌아왔다.

"……피에르? 피에르인가?!"

간수인 남자 병사 옆에 동생인 피에르가 있다는 사실을 알아차렸기 때문이었다. 유그노 준남작을 모시고 있는 남자 집사의 모습도 있었다.

스튜어드는 황급히 일어나 매달리듯 철창에 달라붙었다. 피에르도 성큼성큼 걸어 철창에 다가섰다.

'날 데리러 와준 건가?!'

스튜어드가 그런 속 편한 환상을 품으며 아첨하듯 미소 지었다.

"죽어버려!"

철창 틈으로 피에르의 손에 들려 있던 경찰봉 끝이 미끄러져 들어왔다. 감정에 내맡긴 채 날아온 일격이 스튜어드의 뺨을 깊게 할퀴었다.

"컥?!"

정면에서 제대로 맞은 탓에 스튜어드의 얼굴이 일그러졌다. 그대로 뒤로 쓰러진 스튜어드는 뺨을 감싼 채 바닥을 뒹굴었다.

"빌어먹을!"

이 정도 때려서는 아직 분이 풀리지 않는지, 피에르는 혐오가 담긴 얼굴로 경찰봉을 휘둘러 철창을 내리쳤다.

"머 아는, 짓이냐?!"

뭐 하는 짓이냐? 라고 따져묻고 싶은 것일까. 스튜어드는 두 손으로 뺨을 누른 채로 소리쳤다.

"그건 내가 할 말이다! 이 쓰레기가! 쓰레기 주제에!"

“……혀, 형한테 그게 무슨 말버릇이야!”

“네놈 따위는 형도 아니다!”

“윽…….”

스튜어드는 아픔을 참고 항의했지만, 피에르의 무시무시한 얼굴에 압도되고 말았다.

“잘 들어, 쓰레기! 감옥 안에 있어서 다행이라고 생각해라. 안 그랬다면 내가 진작에 때려죽였을 테니까.”

피에르는 철창을 움켜쥐고, 증오 어린 눈빛으로 스튜어드를 노려보았다.

“뭐, 뭐야…….”

스튜어드는 완전히 겁에 질려, 설명을 요구하는 듯한 얼굴로 아버지를 섬기는 집사를 바라보았다.

“주인님께서…….”

“됐다! 내가 직접 설명할 테니!”

집사가 말을 하기 위해 입을 열었지만, 피에르가 가로막았다.

“너 때문에 유그노 공작가는 사라졌다.”

그리고 사실을 전했다.

“……뭐?”

스튜어드가 어리둥절한 표정을 지었다.

“아버지가 공작위를 박탈당했다고 말한 거다. 준남작이 되었다고! 나는 이제 유그노라는 이름을 이을 수 없어! 공작위를 이을 수 없다! 전부, 전부, 전부, 전부 너 때문이야!

죽어! 죽어! 죽어! 죽어! 죽어버려!"

피에르가 발악하는 어린아이처럼 소리치며 철창을 미친 듯이 흔들어댔다.

"진정하십시오, 도련님."

집사가 등 뒤에서 말을 걸며 위로하듯 어깨에 손을 얹었다. 동시에 스튜어드를 향해서는 노골적인 모멸의 눈초리를 보냈다.

"거, 거짓말이지…… 아버님이 작위를……?"

"여기서 거짓말을 할 이유가 뭐가 있어! 이리 와! 더 때려줄 테니까!"

멍한 얼굴로 중얼거리는 스튜어드를 향해 피에르가 욕설을 퍼부었다.

"시, 싫어, 싫어……."

몸을 일으키려고 했지만, 스튜어드는 다리에 힘이 풀린 듯 엉덩방아를 찧으며 그대로 뒷걸음질쳤다.

"고작 너 같은 놈 때문에……! 나까지 함께 추락하다니, 이런 건 말도 안 돼! 크, 으윽……!"

한순간에 인생 계획이 엉망이 되어버린 피에르. 감정을 주체할 수 없는 것인지, 도중부터 철창을 붙잡은 채 주저앉아 서러운 울음을 터뜨렸다.

"도련님."

집사가 뒤에서 피에르의 양 어깨를 잡고 부드럽게 일으켜 세워주었다.

"……복수할 거다. 반드시 너에게 복수할 거야."

겨우 진정한 피에르는 스튜어드를 노려보며 저주의 말을 쏟아냈다.

"윽……."

스튜어드는 땅에 주저앉은 채 흠칫 몸을 떨었다.

"하지만 안심해라. 네놈은 편하게 죽지 못할 테니까."

"그, 그게 무슨 뜻이지?"

소름 끼치는 미소를 짓는 피에르를 보고 오싹함을 느낀 스튜어드가 떨리는 목소리로 물었다.

"설마 아버지만 책임지고 끝날 거라 생각하진 않았겠지. 어떻게 보면 네가 제일 불쌍하다. 평민도 아닌 신세가 됐으니까. 범죄 노예가 되기로 결정되었다."

"우, 웃기지 마! 왜 내가 그런!"

말도 안 되는 소리라며 스튜어드가 분노에 차 소리쳤다.

"네가 플로라 님을 죽일 뻔한 죄를 숨기려 했기 때문이다!"

그 목소리를 피에르가 호통을 치며 잘라버렸다.

"그건……!"

"이제는 레스토라시온의 전원이 다 알고 있다. 네가 숨기려 했던 죄를 말이지. 흐지부지 넘기려 했던 치부를 스스로 드러내 버리다니…… 구제불능의 바보로군."

피에르는 노골적인 조롱이 담긴 시선을 보내며 형 스튜어드를 비웃었다.

"그, 그만해……."

그런 눈으로 보지 마── 고개를 거세게 내젓는 스튜어드.

“아버지는 더는 네놈 얼굴도 보고 싶지 않다고 하셨다. 그래서 내가 대신 네놈의 앞날을 전하러 온 거고.”

“거, 거짓말…….”

“거짓말이 아니다. 넌 곧 가혹한 환경으로 보내질 거다. 거기서 강제로 육체노동을 하게 되겠지. 조금이라도 반항하면 예속의 목걸이를 채울지도 몰라. 일찍 죽을 것이고, 아마 제대로 된 최후는 맞지 못할 거다.”

피에르는 겁에 질린 스튜어드의 반응을 즐기며 위협적인 말을 늘어놓았다.

“피, 피에르, 거짓말이지? 거짓말하는 거지? 제발 진실을 말해줘, 피에르.”

스튜어드는 조금 전 그에게 맞았다는 사실도 잊은 채 땅을 기어 피에르에게 다가갔다.

“가까이 오지 마, 이 더러운 노예가!”

“으윽!”

하지만 이번에는 경찰봉으로 어깨를 얻어맞고 그대로 바닥에 나뒹굴었다.

“이! 더러운! 쓰레기! 버러지!”

피에르는 사력을 다해 경찰봉을 내리쳤다. 철창이 가로막아 정확히 명중시키지는 못했지만, 멍이 들 정도의 타격 몇 번을 입히는 데에는 성공했다.

“하, 하지 마! 제발 그만해!”

스튜어드는 머리를 감싸며 필사적으로 뒷걸음질쳤다. 그리고 그대로 쓰러지듯이 굴러서 몸을 웅크리며 "으윽" 하고 신음을 흘렸다.

"흥, 이 정도로 용서받을 수 있을 거라 생각하지 마라. 앞으로 어디에 있든 조심해."

"……그, 그게 무슨 말이야?"

"네놈이 어디로 보내지든, 내가 행선지를 알아낼 거라는 뜻이다."

"뭐, 뭘 할 생각이냐?!"

"나도 모르지."

혼자 상상 속에 빠져서 실컷 두려워하라며, 피에르는 비웃었다.

"나는 더 이상 여기 오지 않을 거다. 너를 만나러 와줄 한가한 사람도 없지. 이게 마지막 기회다. 뭔가 남길 말이라도 있나?"

그가 비틀린 미소를 지으며 불쑥 그런 질문을 했다.

"어? 아……."

갑자기 들어온 질문에 아무 말도 나오지 않았다. 하지만 이 기회를 놓치면, 이제 정말 아무에게도 도움을 청할 수 없는 것이 아닐까? 뭔가 말해야 한다고 생각하면서도, 머리가 새하얘진 스튜어드는 그저 당황하여 말을 잇지 못했다.

"그럼 잘 있어라."

피에르는 가학적인 미소를 지은 채 등을 돌렸다. 그리고 문을 향해 걸어갔다.

"자, 잠깐! 기다려줘! 저기, 피에르! 아버님께……!"

도와달라고 부탁해 줘—— 스튜어드가 말을 다 마치기도 전에, 피에르는 무자비하게 문을 닫고 떠나버렸다.

【제 4 장】 ❈ 사죄

며칠 뒤 정오가 조금 지난 즈음.

리오의 저택을 찾은 손님들이 있었다.

크리스티나, 플로라, 로아나, 엘리제, 도로테아. 한 살 어린 플로라를 제외하고는 모두 왕립학원 시절 리오의 동급생이었던 소녀들이었다. 호위로는 알프레드와 바네사도 동행했다.

"오늘은 초대해 주셔서 감사합니다."

"감사합니다, 하루토 님."

일행을 대표해 크리스티나가 저택 현관에서 인사했다. 플로라도 활짝 웃으며 정중히 예를 표했다.

"저야말로 와 주셔서 감사합니다."

"다들 어서 오세요."

리오와 세리아가 나란히 서서 모두를 맞이했다.

"오늘은 잘 부탁드립니다." "잘 부탁드립니다."

로아나가 깊이 고개를 숙였고, 엘리제와 도로테아도 긴장이 배어난 얼굴로 인사했다.

"그럼, 이쪽으로 오시죠. 날씨도 좋으니 안뜰의 가제보로 안내하겠습니다."

리오는 부드러운 태도로 일행을 이끌며 저택의 안뜰으로 향했다.

◇ ◇ ◇

오늘 이 순간, 로아나 폰테인은 학원 시절의 잘못을 사죄하기 위해 리오의 저택에 방문했다.

평소라면 저택에 사는 사람들 모두가 함께 맞이해 주었을 텐데, 오늘만큼은 다른 이들의 모습은 보이지 않았다. 특별한 용건으로 방문한 만큼 아마도 배려를 해준 모양이었다.

"자, 앉으세요."

안뜰 한쪽에 세워진 가제보, 즉 정자에 안내받아 착석하는 일동.

"갓 내린 차와 과자를 준비해 드릴 테니 잠시만 기다려 주세요."

리오는 그대로 가제보를 떠나려 했다.

"잘 부탁해요, 세리아."

"응, 나한테 맡겨."

떠나면서 그런 대화를 주고받는 리오와 세리아. 제자와 학생 사이를 넘어선 친밀함이 엿보이는 모습이었다.

'……정말 사이가 가깝군요.'

물론 두 사람의 사이가 가깝다는 것은 로아나도 오래 전부터 알고 있었다. 다만 리오의 과거를 알게 된 지금과 모르고 있던 이전과는 또 보이는 느낌이 달랐다. 무척 신선하게 느껴졌다.

그것도 당연한 것이, 학원 시절의 리오는 다른 사람이 있는 곳에서는 늘 혼자였고, 특정한 누군가와 친하게 지내는 모습은 한 번도 본 적이 없었다.

그렇지만 아마 자신들이 몰랐을 뿐, 분명 둘만의 시간을 쌓아오며 친밀한 관계를 만들어 왔을 것이다.

"……."

도로테아도 흥미로운 얼굴로 두 사람의 대화를 바라보고 있었다. 한편 엘리제는 야외 연습 때 스튜어드에게 유리한 위증을 해 버린 일에 대한 부담감 때문인지 얼굴에 숨길 수 없는 긴장감이 짙게 배어 있었다.

"그렇게 긴장할 필요 없어, 엘리제."

세리아가 엘리제에게 다정하게 말하며 미소 지었다.

"아, 네. 그……."

"많이 어색할 테니 긴장을 좀 풀어달라고 그 아이가 부탁했거든. 본인이 있으면 말하기 어려운 부분이 있을지도 모르니까, 만약 그렇다면 선생님으로서 상담에 응해 달라고."

세리아는 그렇게 말하면서 이미 멀어진 리오의 등을 자애로운 눈길로 바라보았다. 그 시선에 이끌려 일동의 시선도 리오를 향했다.

'그래서 직접 급사를 자청한 거군요…….'

빈틈없는 리오의 배려에 로아나는 감탄했다. 호스트가 테이블에서 직접 나서서 손님을 대접하는 것은 귀족 사회에서도 흔히 있는 일이지만, 그렇다고 주방까지 들어가 손수 준비하는 경우는 로아나도 본 적이 없었다. 보통은 하인을 시켜 테이블까지 음료를 가져오게 하고, 그 자리에서 손님들에게 제공하는 정도였다.

"오히려 마음 쓰시게 만든 것 같아 죄송합니다."

크리스티나가 괴로운 표정을 지었다.

"아니에요, 절대 그런 마음이 아니라…… 오히려 여러분이 즐거운 시간을 보내고 돌아갔으면 하는 마음일 거예요."

세리아는 황급히 두 손을 저으며 리오의 뜻을 대신 전했다.

"그렇긴 하지만, 오늘은 사과차 방문한 것인데……."

사과하러 온 입장에서 즐겨도 되는 것인가, 그런 당연한 의문이 뇌리를 스친 것인지 여전히 주저하는 크리스티나.

"그렇다면 더더욱 즐겨주세요. 여러분을 원망하는 마음은 이 아이에게 조금도 없으니까요. 저한테도 오늘은 동창회라고 생각하고 즐겨달라고 말했을 정도랍니다."

"동창회요……."

생각지도 못한 당황하는 크리스티나.

"어머나."

근사한 말이네요—— 라며, 크리스티나와는 정반대로 눈을 반짝이는 플로라.

"플로라."

"죄, 죄송해요."

눈치 없는 행동이라는 듯 언니가 "크흠" 하고 가볍게 헛기침을 하자, 플로라는 황급히 고개를 숙였다.

"후후, 저로서도 동창회처럼 즐겨주셨으면 좋겠어요. 그게 그 아이의 바람이라면, 저도 존중하고 싶으니까요."

세리아는 사랑스럽게 빙긋 미소 지었다.

"……아마카와 경이 사과를 원하지 않는다는 것은 이해하고 있습니다. 그런데도 일방적으로 사과를 청하는 것이 무슨 의미가 있을까요? 본인의 마음을 가볍게 하기 위해 사과하려는 거라면 처음부터 관두라고, 이 아이들에게는 미리 전해 두었습니다. 그건 사과가 아니라 자기만족에 지나지 않으니까요."

크리스티나는 담담하게 말하고는 로아나, 엘리제, 도로테아의 얼굴을 둘러보았다.

"여러분, 그럼에도 그 아이에게, 리오에게 사과하고 싶으신 거죠?"

세리아 역시 사람들의 얼굴을 살펴보며 물었다. 하루토라는 이름이 아니라, 왕립학원 학생이었던 리오라는 이름을 입에 담으며…….

"로아나, 네가 대답하도록 해. 오늘 이 자리를 마련하는 걸 누구보다 강하게 주장한 건 너니까."

크리스티나가 로아나에게 대답을 맡겼다.

"네, 저희가 저지른 잘못을 무겁게 받아들이고, 다시는 반복하고 싶지 않기 때문입니다. 그렇지 않으면 더 이상 그와 저택의 모든 분들께 얼굴을 들 수 없을 테니까요…….”

로아나는 조금의 망설임도 보이지 않고 단호하게 자신의 답을 말했다.

“……그렇군요. 그래서 정식으로 사과를 해 두고 싶다는 거죠?”

세리아는 눈을 살짝 크게 뜨더니, 곧바로 로아나를 바라보며 확인했다.

“네, 당시 동급생이었던 이들 중 레스토라시온에 있는 사람들은 저희들뿐이지만, 이것이 저희 모두의 뜻입니다.”

로아나가 힘차게 고개를 끄덕였다. 엘리제와 도로테아도 이어서 고개를 끄덕였다.

“그렇, 군요. 리오의 바람은 여러분이 죄책감을 느끼지 않길 바라는 거라고 생각하지만…… 곤란하네요. 선생님으로서 어느 한쪽의 편만 들 수는 없으니 여러분의 의견도 존중해 드려야겠죠.”

제자들의 강한 눈빛을 한 몸에 받은 세리아가 으음, 하고 고개를 기울이며 잠시 고민했다.

“알겠습니다. 그럼 사과는 사과대로, 동창회는 동창회대로. 기분을 전환해서 양쪽 모두 하도록 하죠. 뒤를 보고만 있으면 앞으로 나아갈 수 없으니까요.”

세리아는 모든 것을 포용하는 듯한 미소를 지으며 “그렇죠?” 하고 예전의 제자들을 향해 다정하게 물었다.

“세리아 선생님…….”

그 말에 플로라, 로아나, 엘리제, 도로테아의 눈가가 젖어들었다. 크리스티나는 그런 모두의 모습을 흐뭇한 얼굴로 바라보았다.

"대답은요?"

세리아가 장난기 있는 말투로 대답을 재촉했다.

"……네!"

그러자 제자들은 한목소리로 고개를 끄덕였다.

몇 분 뒤.

"……."

안뜰의 가제보로 돌아온 리오는 소녀들의 시선을 한 몸에 받으면서 차를 우리고 있었다. 아무런 대화가 없어 조금 어색한 기운이 감돌았다.

"후후."

하지만 세리아가 생글생글 웃고 있으니 문제는 없을 것이라 판단했다. 그보다도 왕족이나 귀족인 공주님들이 마실 차를 맛없게 내놓을 수는 없었기에 눈앞의 작업에 집중하기로 했다.

'……훌륭하군요.'

그런 리오의 모습을 로아나는 감탄하며 바라보았다. 평소에도 차를 우린다는 것을 알 수 있는 익숙하고 뛰어난 모습이었다. 동작 하나하나에서 우아한 기품이 느껴졌다.
복장 센스도 훌륭했다. 묘하게 여성적인 감각이 느껴지는 것은 함께 지내는 소녀들의 영향인 것일까. 단정하고 중성적인 외모를 갖고 있는 탓에 박수가 나올 정도로 그림 같은 광경이 완성되었다.
"와아……."
그래서인지 플로라는 작게 박수를 치며 리오가 차를 내리는 모습을 지켜보았다.
"……."
엘리제와 도로테아도 완전히 리오의 옆모습에 시선이 고정되어 있었다. 볼이 조금 붉어진 것처럼 보이기도 했다.
'……플로라 님은 그렇다 쳐도, 엘리제와 도로테아, 지금부터 사죄한다는 걸 잊고 있는 건 아니겠죠?'
무심코 눈을 가늘게 뜨는 로아나. 하지만 동창회는 동창회대로 즐기자는 세리아와의 약속을 떠올리며 마음을 가라앉혔다.
"자, 드세요."
그러는 사이 리오가 차를 다 우려내고 각자에게 나눠주었다. 달콤함이 배어 있는 상쾌한 향기가 들이마시는 순간마다 행복감을 안겨 주었다.
"감사합니다."
모두가 기분 좋은 미소를 지으며 감사를 전했다.
"오늘은 플레이버 티를 준비했습니다. 케이크도 차갑게

해 두었으니 녹기 전에 드세요."

그런 리오의 말을 듣고 다들 차와 케이크에 가장 먼저 손을 가져갔다. 왕후 귀족의 아가씨들답게 차에는 익숙한 것처럼 보였다. 모두가 정해진 예법에 따라 단정하게 차를 마시기 시작했다.

'훌륭하네요…….'

로아나는 감격에 찬 얼굴로 눈을 감았다. 입에 닿는 느낌도 부드럽고 쓴맛도 은은해 무척 마시기 좋은 한 잔이었다. 릴렉스 효과도 탁월하여 자칫 방심하면 타인의 집에 방문했다는 사실을 잊어버릴 것 같았다.

사용된 다기의 품질은 물론 탕과 도기의 온도 관리, 사용한 찻잎의 양, 뜸을 들이는 시간, 찻잎을 걸러내는 방법까지 모든 것이 완벽하지 않으면 재현할 수 없는 완벽한 한 잔이었다.

"……늘 그렇지만 정말 훌륭한 실력이시군요."

크리스티나가 깊게 숨을 내쉬며 감탄의 말을 전했다.

"이 향, 너무 좋아요. 제가 모르는 찻잎을 쓰신 것 같은데……."

플로라도 황홀하게 미소 지으며 찻잎의 정체에 관심을 보였다.

"저도 모르겠어요." "저도요."

"베리 계열 찻잎이라는 건 알겠지만……."

도로테아, 엘리제, 로아나도 모르는 찻잎이었다.

"리카 상회의 신제품입니다. 리제롯테 씨에게 받았습니다."

리오가 곧바로 찻잎의 정체를 밝혔다.

리카 상회의 찻잎이라고 하면 최근 급속히 팬을 늘려가고 있는 명품이었다. 인기 요인은 주로 리카 상회의 브랜드 파워 때문이었지만, 팬들이 떨어지지 않는 이유는 상품의 품질이 의심할 여지 없이 뛰어났기 때문이었다.

특히 귀족 부인이나 영애들이 앞다투어 구매하고 있는 탓에 인기 있는 찻잎은 사고 싶어도 살 수 없는 경우가 많았다. 희귀품인 셈이다.

"세상에." "귀한 찻잎 아닌가요?"

엘리제와 도로테아는 눈을 동그랗게 뜨며 놀랐다.

"……찻잎도 훌륭하지만, 아마카와 경의 실력도 정말 훌륭하군요."

로아나가 차를 한 모금 더 마신 후 리오의 솜씨를 칭찬했다.

"감사합니다."

리오가 수줍은 듯 뺨을 긁적이며 감사의 말을 전했다.

"케이크도 리오가 구웠답니다."

분명 맛있을 거라며 세리아가 기쁜 얼굴로 웃으며 말했다.

"어머나, 케이크도 아마카와 경이?"

"치즈 케이크인가요?"

"구움색이 정말 예쁘네요."

모두의 시선이 케이크로 쏠렸다. 외형은 정통적인 베이

크드 치즈 케이크였다. 바닥에 타르트지가 깔려 있지도, 표면에 토핑이 따로 장식되어 있지도 않고 그야말로 심플하게 완성된 모습이었다.

"네, 입맛에 맞으신다면 좋겠습니다만. 드셔보세요."

"그럼……."

작은 접시에 담긴 케이크가 각각의 입으로 들어갔다. 그 순간.

"……!"

"음~!"

크리스티나 일행은 눈을 크게 뜨며 놀랐다.

오븐에서 오랜 시간 구워졌을 표면과는 정반대로, 내용물은 레어처럼 끈적하고 진해 크리미한 치즈가 입안에서 순식간에 녹아들었다. 식감만으로도 기대를 뒤엎는 놀라움이었지만, 무엇보다 맛이 훌륭했다.

은은한 설탕의 단맛과 함께 바닐라의 풍미가 치즈의 산미를 조화롭게 살려주고 있었다.

"하아……."

"맛있다……."

"괴, 굉장해요."

경악한 얼굴로 곧바로 두 번째 조각을 입에 넣는 엘리제, 도로테아, 로아나.

"후후."

그렇죠? 하고, 세리아는 아직 케이크에 손을 대지 않은 채 제자들의 반응을 뿌듯한 얼굴로 지켜보았다.

"예전에도 치즈 케이크를 대접해 주신 적이 있습니다만, 그때와는 또 맛이 다르군요. 이쪽도 무척 맛있어서 마음에 들어요."

플로라는 칭찬과 함께 또 한 입의 케이크를 입에 넣었다.

"감사합니다. 마음에 드셨다니 다행이네요."

리오가 안도의 숨을 내쉬며 말했다.

"겉은 단단하게 구웠는데 속은 레어라 깜짝 놀랐습니다. 입에 넣었을 때의 진한 풍미와 산뜻한 식감과의 균형도 절묘하고…… 바닐라 풍미와 단맛의 배합도 정말 훌륭하군요."

크리스티나도 극찬을 아끼지 않았다.

"크림치즈와 프레시치즈를 섞어 사용했습니다. 말씀하신 대로 표면은 단단히 구웠지만, 안쪽은 잔열로 마무리해 레어의 식감을 유지했죠. 그걸 냉장고에서 하룻밤 숙성시킨 겁니다."

케이크에 대한 설명을 덧붙이는 리오. 참고로 이 치즈 케이크는 아마카와 하루토였을 때 아르바이트를 했던 가게에서 배운 레시피였다. 다만 오리지널 레시피가 치즈나 설탕, 바닐라 등의 재료를 상당히 까다롭게 엄선해 만든 것이었기 때문에, 이 세계에서 비슷한 맛을 내기 위해 재료 선택 단계에서 상당히 많은 고생을 한 일화가 있었다. 만족할 만한 퀄리티에 근접하게 된 것도 최근의 일이었다.

"여러분들이 학원에 다니고 있을 때도 리오가 이렇게 자주 차를 내려줬어요. 과자를 만들어 준 적도 있고, 옛날부터 굉장히 솜씨가 좋았거든요."

"그랬나요?"

세리아가 기쁜 얼굴로 웃으며 옛 추억을 되새겼다. 모두가 눈을 동그랗게 뜨며 관심을 보였고, 다시 한번 리오에게 이목이 집중되었다.

"연구실에서 공부를 알려주시는 보답으로 이런저런 일을 도왔거든요."

리오도 당시의 일을 말했다.

"그렇게 두 분은 가까워지신 거군요."

플로라가 조금 아련한 눈으로 부러움을 담아 중얼거렸다. 그 공기가 전파된 것인지, 잠시 침묵이 감돌았다.

"……오늘은 정말 감사합니다. 사과하러 왔는데, 이렇게 극진하게 대접해 주시다니."

그런 와중, 크리스티나가 침묵을 틈타 자세를 고쳐 앉았다.

"아니요. 저번에도 말씀드렸다시피, 전 여러분께 사과받아야 할 이유가 짐작조차 가지 않으니까요. 대접하는 것은 당연합니다."

리오는 분위기의 변화를 눈치채고 조금 난처한 얼굴로 고개를 저었다. 사과할 필요는 없다며, 조금 어색한 얼굴로 컵의 차를 한 모금 마신다.

"하루토. ……아니, 리오."

그러자 세리아가 입을 열었다.

"네."

"왜일 것 같아?"

"네?"

"왜 모두가 너에게 사과하고 싶어 하는 거라 생각해?"

"……왜일까요?"

리오는 고개를 갸우뚱하며 생각에 잠겼다.

"역시 그걸 모르면 단순히 사과하고 싶다는 말을 들어도 곤란하겠지. 하지만 제대로 사과하고 싶은 이유가 있다고 들었어. 그 이유를 들어주지 않을래?"

세리아는 리오를 타이르듯 부드럽게 말을 이어갔다.

"……네."

소중한 은사님의 부탁이었기 때문일까, 리오도 거부감 없이 말을 받아들일 수 있었다. 편안하고 부드러운 미소를 지으며 순순히 고개를 끄덕였다.

그리고 분위기를 원활하게 만들어 대화의 장을 마련해 준 세리아의 의도는 크리스티나에게도 전해졌다. 그것에 진심 어린 감사를 담아 예를 표했다.

"이 사람들이 아마카와 경에게 사과하고 싶은 이유는, 여기서 당신에게 사과하지 않으면 당신이나 저택의 모든 분들께 얼굴을 들 수 없기 때문이라고 합니다. 앞으로 당신이나 여러분들 앞에 설 자격이 없을 것 같다면서, 로아나가 저에게 간곡히 부탁했습니다."

크리스티나는 로아나, 엘리제, 도로테아를 차례로 보면서 사과의 취지를 전했다.

"……그렇군요."

"그것은 당신과의 관계를 유지해 나가는 것에 있어 저도 오랜 시간 고민해 온 문제였습니다. 이 아이들의 부탁을 받아들인 것도 그것이 이유입니다. 그러니 당신의 과거가 모두 밝혀진 지금, 부디 다시 한번 사과를 받아주시지 않겠습니까?"

크리스티나는 눈 하나 깜빡하지 않고 리오만을 응시하며 말을 이었다.

"……알겠습니다."

그 말에 리오가 깊게 고개를 끄덕였다.

"감사합니다."

크리스티나가 힘주어 감사 인사를 전하자, 플로라, 로아나, 엘리제, 도로테아가 함께 고개를 숙였다.

"다만, 그런 이야기라면 이번을 마지막으로 하지 않으시겠어요?"

"네?"

"오늘 이 자리에서 여러분의 사과를 받는 것을 마지막으로, 과거의 어두운 이야기는 다시 꺼내지 않기로 하는 게 어떨까요? 앞으로도 계속 친하게 지내주실 거죠?"

리오가 미소 지으며 물었다.

"아마카와 경……."

"그렇게 약속해 주신다면 얼마든지 사과를 받겠습니다. 어떻습니까?"

"……네."

크리스티나는 목소리를 떨며 고개를 끄덕였다.

"죄송합니다. 학원에서 이유 없는 부당한 대우를 받으며 당신이 고립되어 버린 일에 대해, 벨트람 왕국의 여왕으로서 사죄드립니다."

그녀는 한 나라의 군주임을 분명히 밝힌 뒤, 일어서서 깊이 머리를 숙였다. 그것은 곧 국가로서 사죄한 것이나 마찬가지였다.

"죄송합니다. 하루토 님, 아니, 리오 님."

플로라도 일어나 엄숙하게 고개를 숙였다.

"저도 죄송합니다. 당신이 처한 상황을 방관했을 뿐만 아니라, 실례되는 언행을 많이 해 왔습니다."

로아나도 일어나 고개를 숙이자, 도로테아도 이어서 "죄송했습니다"라고 사죄의 말을 전했다.

"저도, 정말 죄송합니다! 야외 연습 때 거짓 증언을 해서 당신을 곤경에 빠뜨렸어요……!"

마지막으로 일어선 엘리제가 완전히 창백해진 얼굴로 사과했다. 고개를 숙인 채로도 긴장하고 있다는 것이 전해질 정도로 머리가 덜덜 떨리고 있었다.

"네, 사과를 받겠습니다. 그러니 부디 다들 고개를 들고 앉아주세요."

리오도 몸을 일으켜 가능한 한 가벼운 목소리으로 착석을 권했다. 하지만 모두가 바로는 고개를 들 수 없었다.

"……솔직히 말씀드리면, 학원 안에서 고립되어서 다행이라고 생각하는 면도 있습니다."

그 모습에, 리오가 난감한 표정으로 그런 말을 털어놓았다.

"네……?"

그 말에 모두가 당황하며 고개를 들었다.

세리아도 멍한 얼굴로 고개를 갸우뚱했다.

"학원에서 고립되지 않았다면 세리아와 이렇게까지 친해질 수 없었을지도 모르니까요. 그건 싫거든요. 뭐, 그 덕에 학원에서 고립됐다고 생각하지는 않지만요."

그 이유를, 리오가 조금 수줍은 얼굴로 털어놓았다.

"……! 무슨?!"

명석한 두뇌를 가진 세리아조차, 리오의 말을 받아들이고 그 뜻을 이해하는 데에 상당한 시간이 걸린 모양이었다. 한참 지나고 나서야 경악으로 입을 떡 벌렸다.

"어머……!"

마치 연애 소설의 한 장면을 목격한 것처럼 플로라와 도로테아, 그리고 로아나까지 얼굴이 달아올랐다.

"리, 리오?! 농담하지 마!"

세리아는 소녀처럼 얼굴을 붉히며 소리쳤다.

"농담처럼 들리겠지만, 진심으로 그렇게 생각하고 있어요."

리오는 발언을 정정하지 않고, 그 나이에 어울리는 소년처럼 수줍어했다.

"어머나 세상에……!"

상황을 지켜보는 플로라와 다른 사람들의 분위기는 온통 분홍빛으로 물들어 있었다.

"윽……! 이, 이제 그만해!"

세리아는 제자들의 시선을 의식한 것인지 새빨개진 얼굴로 고개를 푹 숙여버렸다. 그런 은사의 보기 드문 모습에 크리스티나도 키득거리며 웃음을 터뜨렸다.

"자, 동창회를 재개하실까요? 아직 시작한 지 얼마 되지 않았고, 세리아도 오늘을 기대하고 있었습니다. 이대로면 차도 식을 테니, 다들 얼른 드세요."

주변의 긴장이 풀린 것을 확인한 리오가 타이밍 좋게 앉을 것을 권하며 다과회의 재개를 제안했다.

"마, 맞아. 모처럼 하는 동창회잖아. 즐거운 시간을 보내기로 아까 모두와도 약속했어. 그래. 이번 기회에 옛날에는 못했던 이야기를 나눠보는 것도 좋지 않을까? 서로 궁금한 게 있을 수도 있고."

세리아가 민망함을 덜어내려는 듯 앞장서서 분위기를 이끌었다.

"뭔가 물어볼 거 없어, 엘리제?"

모두가 다시 착석한 것을 확인한 뒤, 세리아가 엘리제에게 질문을 던졌다. 조금 전의 긴장은 이미 누그러졌지만,

신경을 써준 것 같았다.

"네? 아, 네. 그럼, 저…… 아마카와 경은 왜 머리색이 예전과 달라진 건가요?"

갑작스러운 질문에 깜짝 놀랐지만, 곧 엘리제가 조심스럽게 물었다.

"마도구로 머리색을 바꾸고 있었습니다. 다만, 사정이 있어서 지금은 이 색이 제 진짜 머리색이 되었고요. 검은 머리로 바꿔볼까요?"

리오는 그렇게 말하더니 목에 걸고 있는 펜던트 모양의 마도구를 오른손으로 건드렸다. 그러자 새하얗던 리오의 머리카락이 순식간에 새까맣게 변했다. 검은 머리로 돌아가자 흰머리일 때와는 완전히 인상이 달라졌다. 옛 리오의 모습이 선명하게 떠올랐다.

"……!"

눈을 부릅뜨는 일동. 자신들이 아는 동급생 소년이 성장해 어른이 된 모습이라는 것을 강하게 실감했다.

"리, 리오 님……! 리오 님이에요!"

플로라가 기쁜 얼굴로 눈을 반짝였다.

"지금은 검은 머리로 지내는 경우가 거의 없어서 그런지 좀 쑥스럽네요."

"놀랐습니다."

로아나는 멍한 표정을 지었다.

"언니, 리오 님! 리오 님이에요!"

아직도 흥분이 가시지 않은 플로라가 옆에 앉은 크리스티나에게 열심히 소리쳤다.

"그, 그래. 알고 있어."

크리스티나는 대답을 하면서도 상당히 당황한 것처럼 보였다. 그 모습을 본 플로라는 언니의 얼굴을 들여다보았다.

"무슨 일 있으세요?"

"……그게 아니라, 인상이 너무 바뀌어서 좀 다른 사람처럼 느껴지기도 하고, 반대로 옛날의 그가 더 강하게 떠오르는 것 같기도 해서……."

성장한 크리스티나가 접해왔던 것은 머리색을 바꾸고 하루토 아마카와로서 활동해 왔던 리오였다. 검은 머리의 리오가 아니다. 그래서 머리색이 검은색으로 돌아가자 하루토 아마카와가 아닌 옛날의 리오를 더 강하게 의식해 버린 것일지도 모른다.

"혹시 부끄러워하시는 건가요?"

"그렇지 않아."

크리스티나가 황급히 부정했다.

"예전에도 한 번 검은 머리인 모습을 보여드린 적이 있지 않나요?"

리오가 쓴웃음을 지으며 말했다. 루시우스와의 전투가 끝나고 크리스티나와 플로라에게 정체가 탄로난 직후의 일을 말하는 것이었다. 두 사람을 바위 집에서 보호하는 동안 리오는 검은 머리인 모습을 보여준 적이 있었다.

"맞아요, 하지만 시간이 꽤 지났으니까요……."

크리스티나는 리오를 똑바로 바라보지 못했다.

"역시 부끄러워하시는 것 같은데요?"

플로라가 언니의 얼굴을 들여다보았다.

"그러니까 아니래도."

크리스티나는 뺨을 살짝 붉히며 부정했다.

"하지만 실례를 무릅쓰고 말씀드리자면, 크리스티나 님의 마음도 짐작이 갑니다. 머리색이 옛날로 돌아간 것을 보니 그의 존재감이 더 강하게 느껴진다고 할까요……."

로아나도 조금 어색한 얼굴로 리오를 의식하고 있었다.

"언니도 로아나도 '그'가 뭐예요. 리오 님은 바로 눈앞에 계시잖아요."

플로라가 못마땅한 얼굴로 지적했다. 크리스티나도 로아나도 굳이 '그'라고 호칭한 것은, 동일 인물이라는 것을 알면서도 어린 시절의 리오가 갑자기 눈앞에 나타난 것 같은 착각이 들었기 때문이었다.

그래서 낯가림이 발동되었다고 해야 할까. 당시 의도적으로 거리를 두고 있던 상대가 눈앞에 있다는 실감이 강하게 밀려든 탓이었다.

"즉 부끄러워하시는 거죠?"

수줍으신 거죠? 라며 플로라가 기쁜 얼굴로 물었다.

"이제 그만해."

크리스티나는 볼을 살짝 붉힌 채 고개를 돌렸다. 그런

그녀의 드문 반응이 기쁜지 플로라와 세리아는 미소를 지었다.

"머리색은 다시 되돌리겠습니다."

리오는 그렇게 말하며 옷 안쪽 가슴 부근에 있는 펜던트를 다시 만지려고 했다.

"네? 모처럼 보는 귀중한 모습인데, 아까워요."

플로라가 아쉬움을 드러내며 검은 머리로 있어 달라고 부탁했다.

"검은 머리도 멋지다고 생각해요." "네, 잘 어울리세요."

도로테아와 엘리제도 말없이 리오의 얼굴을 바라보며 플로라의 말에 동조했다.

"저는 상관없습니다만……."

"모처럼이니까 그대로 있는 게 어때? 이 동창회에서는 하루토가 아니라 리오로서 있는 거지."

리오가 당황하자, 세리아가 "후후"하고 웃음을 터뜨리며 그런 제안을 했다.

"……네."

리오는 수줍게 고개를 끄덕이고 가슴께로 뻗었던 손을 다시 내렸다.

"그럼 다음은 도로테아인가? 궁금한 거 있어?"

이번에는 도로테아에게 이야기를 건네는 세리아. 이런 부분은 참 선생님다웠다. 제자들을 위해 진행을 맡아주는 점 말이다.

"네? 저, 그럼, 그 당시의 질문인데……."

도로테아는 조심스럽게 입을 열며, 수줍은 얼굴로 리오를 바라보았다.

"네? 뭔가요?"

자신에게 하는 질문이라는 것을 알고 리오가 고개를 기울였다.

"학원 시절의 저를 기억하고 계신가요?"

지금 이 자리에 있는 사람들 중에서는 본인이 가장 학창 시절 리오와의 인연이 희박했기에, 인상이 희미하지 않을까 하는 생각을 갖고 있는 거겠지. 도로테아는 그런 질문을 했다.

"물론입니다. 가르아크의 연회에서 인사를 나눴을 때도 금방 알아봤습니다. 이름을 듣고 도로테아 씨라는 걸 알았죠."

리오는 성장한 뒤 처음 재회했을 때의 일을 이야기하며 도로테아에게 미소를 보냈다.

"그, 그런가요? 연회 때 이미 눈치채고 계셨군요. 그런데 저는 부끄럽게도 그때의 당신인 줄도 모르고……."

도로테아는 리오와 시선을 마주치지 못한 채 수줍어했다.

'……이 아이, 설마 아마카와 경에게 반한 건 아니겠지?'

그런 모습을 힐끔 바라보며, 로아나는 속으로 의심을 품었다. 지금의 도로테아 입장에서 보면 리오는 그렇게 쉽게 만날 수 있는 상대가 아니었다. 옛날과는 완전히 지위가 역전되어 버렸기 때문이다. 이 기회에 리오의 마음을 사로잡겠다고 폭주라도 해 버리면 어떻게 되는 것일까. 사랑은 눈을 멀게 한다는 말도 있는데, 폭주해서 리오에게 실례되는 짓이라도 하면 부끄러워서 눈도 마주칠 수 없을 것이다.

'반하는 것까지는 뭐라고 하지 않겠지만…….'

안 그래도 이제 막 사과를 마친 직후였고, 지금은 크리스티나와 플로라 앞이었다. 때와 장소는 가려주지 않으면 곤란하다. 물론 현재로서는 딱히 문제되는 행동을 일으킨 것은 아니었지만.

'부디 이상한 짓은 하지 말아주길.'

로아나는 속으로 그런 기도를 하면서도 아주 우아한 모습으로 차를 한 모금 마셨다. 그러나 도로테아에게 지나치게 신경을 쓴 나머지 엘리제의 존재를 간과하고 있었다. 연회에서 리오가 도로테아와 인사를 나눴을 때, 그 자리에는 엘리제도 있었던 것이다.

"……."

엘리제는 '저도 있었어요'라고 말하고 싶은 얼굴로 리오에게 뜨거운 시선을 보내고 있었다.

"엘리제 씨와도 그때 인사드렸죠."

리오가 자신을 향한 시선을 눈치채고 미소를 지었다.

"네, 저도 기억해 주셨군요!"

엘리제는 두 손을 모으고 황홀한 얼굴로 기뻐했다.

'다, 당신도요?!'

로하나의 자세가 무심코 흐트러졌다. 그 여파로 테이블

위에 있는 컵받침에 놓기 위해 들고 있던 컵이 흔들렸다.

"윽……."

다기가 부딪히는 소리가 울렸다. 안에 든 차가 조금 흘러넘치고 말았다.

"로, 로아나?"

옆에 앉은 플로라가 가장 먼저 알아차리고 놀랐다.

"죄, 죄송합니다! 이런 실수를 하다니……!"

로아나가 허둥지둥 사과하자 리오가 빠르게 일어나 로아나에게 다가갔다.

"화상은 입지 않으셨습니까? 뜨겁거나 아프거나 하는 통증은……."

"괜, 괜찮습니다. 접시에 조금 흘린 것뿐이라서……."

로아나가 송구하다는 듯 고개를 저었다.

"괜찮으시다면 손을 좀 빌려주시겠습니까?"

리오는 로아나의 눈앞에서 무릎을 꿇고 정중히 손을 내밀었다.

"어머……!"

애초에 일상에서 이런 상황이 발생하는 일 자체가 드물었고, 유사한 상황에서도 지금의 리오처럼 신사적으로 행동할 수 있는 왕후 귀족도 드물었다. 대부분은 하인을 시켜 대처하기 때문이었다. 그래서인지 플로라와 엘리제, 도로테아는 저도 모르게 탄성을 뱉었다.

"……네?"

로아나는 어리둥절한 얼굴로 리오의 손을 바라보았다.
“아, 네…….”
뒤늦게 그 뜻을 알아차리고, 리오의 손 위에 컵을 잡고 있던 자신의 손을 살포시 올렸다.
“실례하겠습니다. 옷에 얼룩이 묻지 않았는지 확인해 드리겠습니다.”
리오는 로아나의 손을 살며시 잡고, 마치 깨지기 쉬운 도자기를 다루듯 장갑의 얼룩을 확인하기 시작했다.
“…….”
눈앞에서 무릎을 꿇고 있는 리오의 검은 머리를, 로아나가 말없이 내려다보고 있을 때였다.
“역시 차가 조금 튀었네요. 장갑을 벗겨도 될까요?”
리오가 고개를 들어 확인했다.
“네, 네…….”
가까운 거리에서 리오와 시선이 마주치자 로아나의 목소리 톤이 한층 높아졌다.
“그럼…….”
리오는 다시 시선을 내리고 로아나의 장갑을 천천히 벗기기 시작했다. 결코 무리하게 잡아당기지 않는, 실로 정중하고 섬세한 손놀림이었다. 로아나의 손은 물론 옷감까지 신경 쓰고 있다는 것을 알 수 있었다.
‘뭐, 뭐죠 이건?……?’
얼굴이 뜨거워지는 것을 느끼는 로아나. 가슴도 두근거

렸다. 그럴 만도 했다. 평소 로아나의 곁에 있는 이성이라고 하면 히로아키, 레이, 코우타 세 명뿐이었다. 그들에게 이 정도로 여성으로서 정중하게 대접받은 적이 없었기에 신사적인 대응에 면역력이 없는 것은 당연했다.

"화상은 입지 않은 것 같은데, 혹시 통증이 있으신가요?"

리오가 로아나의 눈을 빤히 올려다보며 물었다.

"아, 아뇨…… 없습니다."

로아나는 쩔쩔매며 대답했다.

'얼굴이 너무 잘생긴 거 아닌가요?! 속눈썹도 길고, 대체 뭐죠?! 왜 이렇게 얼굴이 뜨거운 거죠? 사랑에 빠진 소녀도 아니고!'

그러면서도 속으로는 비명을 지르고 있었다.

"다행이네요."

"윽……!"

리오가 안도의 미소를 짓자, 로아나는 더더욱 얼굴이 뜨거워지는 것을 느꼈다.

'자각 없이 홀리는 건가요?! 얼굴이 너무 잘생겨서 범죄 수준이라고요!'

신사적인 언행과 압도적인 외모.

마치 먹이사슬의 정점에 군림하는 포식자 같았다.

'위험해! 위험해요……!'

무공, 지위, 용모. 그 모든 것을 겸비한 시대의 영웅이 소녀의 마음을 사로잡는 법까지 익히고 있었다. 게다가 계산이 아니라 자연스럽게 그것을 실천하고 있었다. 단지 친절한 마음에서 나온 행동일 뿐 구애할 의도는 전혀 없다.

'질이 너무 나쁘잖아요!'

압도적인 강자이자 신분까지 높은 사람이 자신을 위해 헌신해 준다는 것에서 오는 우월감. 오해하는 소녀들이 속출한다 해도 전혀 이상할 것이 없었다. 아니, 착각하지 말라고 하는 편이 무리였다. 이러는 자신도 반쯤은 착각할 뻔했으니, 도로테아와 엘리제한테 뭐라 할 자격이 없었다.

'아, 아니, 저에게는 히로아키 님이 있어요……!'

그랬다. 히로아키는 오늘 리오에게 사과하고 오라며 로아나를 믿고 보내주었다. 그 믿음을 저버릴 수는 없었다. 로아나는 히로아키의 얼굴을 떠올리며 잡념을 떨쳐내기 위해 애썼다.

"얼룩이 지면 안 되니 바로 장갑을 세탁하고 오겠습니다."

그러자 리오는 로아나의 장갑을 들고 가제보를 떠나려 했다.

"……네? 아, 아니, 그렇게까지는……."

로아나는 퍼뜩 정신을 차리고 리오의 등을 향해 말을 걸려고 했다.

"세리아, 혹시 모르니 로아나 씨의 치료를 좀 부탁드려도 될까요?"

리오는 떠나는 와중에도 세리아에게 그런 부탁을 하고 있었다.

"응, 걱정 마."

세리아는 키득키득 웃으면서 치료를 맡아주었다. 플로라도 함께 어울려 후후 웃고 있었다.

"그럼 실례하겠습니다."

리오는 가슴팍에 오른손을 얹고 가볍게 인사한 뒤 홀로 가제보를 뒤로 했다.

"……."

엘리제와 도로테아는 '혼자만 치사해요'라는 얼굴로 눈을 가늘게 뜬 채 로아나를 바라보고 있었다.

"대체 뭘 하는 거예요, 당신은……."

크리스티나도 어이없다는 얼굴로 로아나를 바라보았다.

"죄, 죄송합니다."

로아나는 얼굴을 새빨갛게 물들인 채 사그라들 것처럼 작은 목소리로 사과했다.

【제 5 장】 ❈ 이후

일주일 뒤.

가르아크 왕성 영빈관에 있는 객실 내. 크리스티나를 비롯한 레스토라시온의 간부들이 거대한 회의 테이블을 사이에 두고 얼굴을 맞대고 있었다. 그중에는 사이키 레이의 약혼자인 로자의 아버지 댄디 남작과 무라쿠모 코우타의 연인인 미카엘라의 아버지 벨몬드 남작도 있었다.

유그노 준남작의 모습도 있었지만, 무관의 수는 적었다. 주요 무관들은 로다니아가 함락되었을 때 포로가 된 탓이었다.

"오늘은 세리아 선생님도 동석할 예정이야."

크리스티나가 옆에 있는 세리아를 바라보며 소개했다.

"잘 부탁드립니다."

세리아가 고개 숙여 인사하자 참석자들도 예를 갖춰 목례를 했다.

"바로 본론으로 들어가서, 왕도의 본국 정부로부터 서한이 왔어."

크리스티나가 한 통의 편지를 테이블 위에 올려놓았다.

"이쪽이 대관식을 올리기 전에 대담을 하고 싶다는군."

그러고는 서한에 적혀 있는 내용을 요약하여 전했다.

"……대체 무슨 이야기를 하고 싶다는 겁니까?"

도로테아의 아버지인 알베르트 백작이 손을 들고 질문했다. 참고로 유그노가 공작에서 준남작으로 직위가 떨어진 탓에 레스토라시온의 문관 중에서 현재 가장 작위가 높은 인물은 알베르트 백작이었다.

“레갈리아의 반환 요구와 대관식 취소에 관한 것이지. 대담 장소는 우리 쪽 지정에 따르겠다고 하고. 자유롭게 발언해도 상관없으니 당신들의 의견을 들어볼 수 있을까?”

크리스티나가 모두에게 물었다.

“레갈리아 반환은 그렇다 쳐도 대관식 취소라…… 막상 대관식이 진행된다고 해도 투표를 통해 즉위의 정통성을 부정할 수 있으니 그들 입장에서는 굳이 문제 삼을 필요는 없지 않을까 싶습니다만…….”

“그 투표를 피하고 싶은 게 아니겠습니까? 절차도 대단히 번거롭고, 투표를 시행하기 위해서도 수고나 비용이 상당히 들 테니까요.”

“법 해석의 여지도 있으니 말입니다. 가뜩이나 엄격한 요건이 정해져 있는 데다 역사상 한 번도 시행된 적이 없는 조문입니다. 나중에 절차상 흠집을 이유로 들어 투표가 무효가 되는 사태는 그들도 반드시 피하고 싶을 겁니다.”

“주변국에 대한 체면을 유지하려는 의도도 있지 않을까요? 귀족들이 대관식을 뒤엎고 새 왕의 즉위 정통성을 부정하는 전례 없는 사태이니, 그 대의명분을 국외에 설명하기 어렵다는 것도 이유가 될 수 있습니다.”

"다른 나라로 시집간 왕족과 그 혈족에게 재선거 청구를 허용하는 규정도 있으니까요. 틈을 주고 싶지 않은 것일지도 모릅니다."

참가자들은 저마다 활발하게 의견을 교환했다.

"그렇다고는 해도 진짜 목적은 레갈리아의 반환이겠지요. 그쪽에는 즉위의 정통성을 부정할 수 있을 만한 수의 귀족이 속해 있습니다. 그 아성을 무너뜨리지 않는 한, 아무리 재투표를 하더라도 몇 번이고 즉위의 정통성을 부정당할 것입니다."

"흠……."

대관식 취소 요구가 아니라 레갈리아 반환 요구가 진짜 목적이라는 의견이 제시되자 그에 수긍하는 멤버가 줄을 이었다.

'확실히 레갈리아의 반환과 대관식의 취소. 어느 쪽이 아르보 공작에게 더 큰 골칫거리인가 하면…….'

왕권의 상징인 레갈리아를 크리스티나가 계속 소지하고 있는 쪽이 더 골치 아픈 일일지도 모른다. 세리아도 무심코 납득하여 고개를 끄덕이려 했다.

"대관식 취소 요구에 대해서는 아직 조사가 더 필요하지 않겠습니까?"

그때, 이견을 제기하는 자가 나타났다.

침묵을 지키던 유그노 준남작이었다.

귀족으로서의 서열이 크게 내려갔다고는 해도, 얼마 전

까지만 해도 조직의 대간부였던 인물의 발언이다. 실내의 이목이 그에게 쏠렸다.

"……무슨 말씀이시죠?"

알베르트 백작이 눈을 크게 뜨고 물었다.

"즉위의 정통성을 부정하는 투표에 관한 법전을 다시 정밀히 살펴봤더니, 투표에는 익명성을 유지해야 한다는 오래된 규칙을 발견했습니다. 즉 비밀 투표라는 거죠. 물론 아르보라면 비밀 투표를 형식적으로 무력화하는 더러운 수단을 쓸 수도 있겠지만, 국외에서도 주목하고 있는 상황에서 절차상 문제가 있다고 비난받을 여지를 남길까 생각해 보면……."

"……아무리 아르보 공작이라고 해도 익명성의 형식적 박탈까지는 할 수 없다는 겁니까?"

"첫 번째 투표는 무력화될지도 모릅니다. 하지만 그것을 근거로 투표가 무효가 된 후에도 비밀 투표를 무력화할 수 있을지는 별개의 문제죠. 특히 국외로 시집간 왕족이나 그 혈연자들의 비난까지 더해지면 무시할 수 없을 겁니다. 어쨌든, 진정한 의미의 비밀 선거를 실시할 수 있다고 가정해 보십시오."

유그노 준남작은 또렷한 목소리로 당당하게 의견을 말하며 모두에게 호소했다.

"……그렇군요. 누가 어떤 투표를 하는지 알 수 없는 이상 아르보 공작은 투표 내용을 강요할 수 없게 되겠죠. 그럼 결과가 나왔을 때 즉위의 정통성을 부정할 수 없을 가능성이 생기겠군요."

"크리스티나 님의 즉위가 확정되고 명실상부 정통에 따라 왕으로 인정받는 것. 아르보는 그것을 두려워하고 있는지도 모릅니다."

"오오!" "아르보 공작을 울며 겨자먹기로 따르는 본국 정부의 귀족도 적지 않을 테니 말이오." "역시 대단하군요."

그런 유그노 준남작의 짐작에, 참가자들은 탄성 섞인 소리를 내며 크게 술렁였다.

"어디까지나 가능성의 이야기입니다. 표면상 아르보 공작파가 압도적 다수파라는 것에는 변함이 없고, 얼마나 많은 귀족이 아르보의 의향을 거스르는 표를 던질지는 우리도 파악할 수 없습니다. 막상 결과를 봤을 때 우리가 질 가능성은 여전히 남아 있지요."

유그노 준남작은 담담하게 덧붙였다.

"그렇기는 하지만, 결과를 보지 않고 끝낼 수 있다면 그게 가장 최선이라고 생각할 테니, 대관식 취소 요구는 그런 의도에서 나온 것일지도 모르겠습니다. 크리스티나 님, 어떻게 보십니까?"

여기서 알베르트 백작이 크리스티나의 의견을 물었다.

"전반적으로 나도 이견은 없어. 그렇지만, 그럼에도 아르보와의 대담에 응해도 좋다고 생각한다."

"……협상의 여지가 있다는 겁니까?"

즉 레갈리아의 반환, 혹은 대관식 취소에 응할 생각이 있느냐 하는 것이었다.

"조건에 따라 다르겠지. 큰 일을 위해서는 다른 것을 희생할 필요도 있는 법. 우리는 잃어버린 것이 너무 많다. 되돌리기 위해서는 다른 무언가를 잃을 각오가 되어 있어야 해."

"……."

모두가 고개를 숙이며 실내에 무거운 침묵이 내려앉았다.

"그럼 대화를 해 볼까. 무엇을 협상 재료로 삼아 어떤 조건을 끌어낼 것인지."

하지만 크리스티나만은 미래를 내다볼 것을, 의연한 목소리로 모두에게 호소했다.

회의가 끝나고 참가자들이 퇴실해 가는 와중.

"선생님, 수고하셨습니다."

크리스티나가 옆에 있던 세리아에게 말을 걸었다.

"아니요, 저는 단지 자리만 지켰을 뿐인걸요……. 크리스티나 님이야말로 정말 수고 많으셨어요."

세리아가 깊이 고개를 숙였다.

"대담에는 크렐 백작도 동석해 달라고 요청할 생각입니다. 도착 다음 날 대담이 열릴 테니, 전날 밤에라도 아버님과 정보를 공유하고 왕도의 정보를 모아주실 수 있겠습니까?"

로다니아를 빼앗긴 뒤로 레스토라시온은 왕도의 정세를 살피는 것도 여의치 않았다. 대담의 자리는 귀중한 정보 수집의 기회이기도 했다.

"물론이죠."

맡겨달라는 듯 세리아는 엄숙하게 고개를 끄덕였다.

"협력해 주셔서 감사합니다."

"저도 레스토라시온의 일원이니까 당연한 일이죠. 특별히 할 일도 없어서 자유롭게 지내고 있으니까요."

"그렇지 않습니다. 선생님께는 아마카와 경의 보좌역을 맡기고 있지 않습니까. 그걸 제외하고도 마술의 지적 재산권을 대여해 주시고, 자금 조달에도 큰 공헌을 해 주고 계시고요."

"보좌라고 해도 평범하게 같이 살고 있을 뿐이지만요."

세리아는 조금 난처한 얼굴로 수줍게 웃었다.

"아니요, 레스토라시온의 다른 누구에게도 맡길 수 없는 일입니다. 선생님이 아마카와 경의 저택에 머물러주시는 덕분에 저희 조직도 간접적인 혜택을 받고 있습니다."

리오뿐만이 아니었다. 그 저택에는 사츠키와 샤를로트 등 가르아크 왕국의 중요 인물들이 모여 있었다. 국왕 프랑수아가 중시하고 있는 장소였다. 그곳에 레스토라시온에 소속된 세리아가 함께 살고 있다.

세리아가 쌓아올린 리오와의 관계는 레스토라시온에 대

한 프랑수아의 여러 판단에도 적지 않게 영향을 미치고 있을 것이다. 그것이 바로 크리스티나가 말하는 간접적인 혜택이었다.

"그럴, 까요?"

세리아가 자신 없다는 얼굴로 고개를 갸우뚱했다.

"네, 눈으로는 보이지 않아 알기 어려운 혜택이니 실감하기 어려울지도 모릅니다만, 선생님이기 때문에 맡길 수 있는 역할입니다. 앞으로도 부담없이 그의 곁에 있어 주세요."

자신감을 가지라며 크리스티나는 힘주어 말했다.

"……감사합니다."

"감사는 제가 드려야죠. 지난번 동창회에서도 그와의 대화를 주선해 주셔서 정말 큰 도움이 되었습니다."

"그때 전 정말 아무것도 한 게 없는걸요."

"그렇지 않습니다. 선생님이 중간에서 중재해 주신 덕분에 동창회도 무사히 진행될 수 있었던 겁니다. 그가 선생님을 소중히 아끼고 있다는 사실도 잘 전해졌고요."

"네……? 노, 놀리지 마세요."

세리아는 쑥스러워하며 얼굴을 붉혔다.

"후후, 농담이 아닙니다."

"……감사합니다. 하지만 하루토는…… 아니, 리오는 크리스티나 님과의 관계도 소중하게 생각하고 있을 거예요. 걱정하고 있었거든요."

세리아가 말했다. 공적인 자리나 주위에 사람이 있어 설명이 번거로운 경우가 아닌 한, 리오는 이제 리오라고 부르기로 정해진 모양이었다.

"아마카와 경께서요?"

크리스티나가 눈을 농그랗게 뜨며 물었다.

"네. 오늘도 크리스티나 씨가 곤란해 보이면, 도와드릴 수 있는 일이 없는지 물어봐 달라고 부탁받았는걸요."

"그렇, 습니까……."

"그러니 그 밖에 제가 할 수 있는 일이 있으면 뭐든 명령해 주세요. 미력하나마 최선을 다하겠습니다."

"그렇다면 오늘 회의에서 논의한 내용을 어머님이나 아마카와 경에게 전해 주실 수 있을까요?"

"……괜찮으시겠어요?"

이번에는 세리아가 의외라는 표정으로 물었다.

"걱정을 끼쳐 드릴 수는 없으니까요. 안심시켜 주세요. 그 두 분이라면 대략적인 내용을 말씀드리는 것은 문제가 없습니다."

믿고 있으니까요——. 크리스티나는 상냥하게 미소 지으며 그렇게 말했다.

귀가 후.

세리아는 저택 응접실에서 리오와 어머니 모니카 두 사

람과 마주보고 있었다. 용건은 앞의 회의에서 결정된 내용의 대략적인 정보 공유였다.

"그래서 아르보 공작파와의 대담이 다시 한번 열리게 될 것 같아요. 아버님도 참석해 달라고 요청하실 거래요."

맨처음 결론부터 간결하게 보고한 세리아는 리오와 어머니의 얼굴을 번갈아 바라보았다.

"그러니? 그럼 로랑 씨를 만날 수 있을지도 모르겠구나."

남편의 얼굴을 떠올리는지 모니카는 아련한 눈으로 미소를 지었다.

"머무시는 동안에는 꼭 백작님도 저택에 머무셨으면 좋겠습니다."

리오가 옆에 앉은 모니카에게 말을 걸었다.

"어머어머, 괜찮아요. 백장님이라는 그런 딱딱한 호칭 말고, 장인어른이라고 불러도 된답니다."

"어, 어머님!" "아하하……."

세리아가 얼굴을 붉히며 소리쳤고, 리오가 쓴웃음을 지었다.

"하지만 배려해 주셔서 고마워요, 리오 씨."

"고마워, 리오."

"아니요, 당연한 일이니까요. 그건 그렇고, 어떻습니까? 레스토라시온의 상황은?"

두 사람의 감사 인사에 리오는 상냥하게 고개를 저었다. 그리고 질문을 던졌다.

"으음, 걱정할 일이 전혀 없다고 하면 거짓말이겠지? 로다니아도 잃었고, 솔직히 말해서 상황은 상당히 안 좋다고 봐."

세리아는 숨기지 않고 솔직한 소견을 전했다. 그리고 말을 덧붙였다.

"하지만 절망하기에는 이르다고도 생각해. 적어도 크리스티나 씨는 포기하지 않았어. 어떻게든 해결하기 위해 계획을 짜고 있고, 의연하게 내일을 바라보고 있어."

"그렇군요……."

리오는 대답을 하면서도 고민스러운 표정을 짓고 있었다.

"뭐 신경 쓰이는 거라도 있어?"

세리아는 살며시 리오의 안색을 살폈다.

"…………유그노 공작, 아니, 준남작에 관한 일이 벌어진 직후이기도 하고, 드물게 세리아까지 회의에 불려갔으니까요……."

대답까지 한참 시간이 걸린 데다 도중에 말을 끊어버린 리오. 그 이유는 역시, 그날 밤의 만남이 머릿속을 스쳐갔기 때문일 것이다.

깊은 어둠 속에서 남모르게 서 있던 **가녀린 소녀의 모습**이, 머릿속에 딱 달라붙어 도저히 떠나지 않았다. 억수같이 쏟아지는 빗속에서 몸을 떨며 안겨온 소녀의 열기가 아직도 몸에 남아 있는 기분이었다.

하지만 그날 밤 이후 크리스티나는 평소처럼 행동했다. 세리아의 눈으로 보기에도 **강한 여왕으로서의 모습**을 가신들에게 보여주었다고 했다.

그렇다면 어느 쪽이 크리스티나의 진짜 모습일까? 아니면, 둘 다 진짜 크리스티나일까? 그렇다면 사실은 지금도 그날 밤에 혼자 남겨져 있고, 그 폭우 속에 멈춰 서서 몸을 떨고 있는 것은 아닐까?

"리오?"

생각에 잠긴 표정을 짓고 있는 리오를 배려하듯 세리아가 조심스럽게 말을 건넸다.

"……죄송합니다. 사실은 상황이 심각한 것이 아닌가 걱정이 돼서요. 레스토라시온이라는 조직도, 그것을 이끄는 크리스티나 씨도, 그리고 그 구성원인 세리아도."

리오는 복잡하게 생각하는 것을 멈추고, 심플하게 자신의 마음을 전했다. 직설적인 감정 표현을 호의적으로 받아들였는지, 리오의 옆에 앉은 모니카가 "어머나" 하며 감탄한 듯 눈을 동그랗게 떴다.

"……그래. 내가 불려간 이유는 대담 전후에 아버님께서 본국 사정을 알려달라고 부탁하셨기 때문이야. 어느 정도 정보를 공유해 두고 싶으셨던 것 같아."

"그렇군요……."

"유그노 준남작 일로 영향이 전혀 없었다고는 말할 수 없겠지만, 파벌의 수장을 옛날부터 맡아 온 우수한 분이시니까. 작위를 크게 낮췄다고 해서 인망이나 영향력까지 완전히 사라지진 않았을 거야. 실제로 회의에서도 핵심을 찌르는 발언으로 주목을 받았고, 적어도 그 자리에는 그를 완전히 버린 사람은 없었다고 생각해."

귀족인 이상 작위는 분명 중요하다. 하지만, 구 유그노 공작파의 귀족들이 구스타브 유그노라는 인물을 따르고 있던 이유의 전부가 작위에 있었는가 하면, 대답은 '노'였다. 그가 가진 이념과 열정에 공감하지 않았더라면, 그리고 능력이 동반되지 않았더라면 따르지 않았을 것이다.

"그렇다면, 다행이지만요……."

"어쨌든 네가 책임을 느낄 일은 아니야. 레스토라시온의 문제인걸. 크리스티나 님도 그러셨어. 리오를 안심시켜 달라고."

"……그렇습니까?"

"네가 걱정하고 있다는 말을 전했거든. 오늘 회의에 대해서도 알려줘도 상관없다고 말씀해 주셨어. 아르보 공작파와의 대담에서 어떤 협상을 할지까지는 아직 알려줄 수 없지만, 오늘 회의에서 아마 희망은 보였을 거야."

"그렇군요……."

"뭐, 이러는 나도 레스토라시온의 멤버이면서 외부인에 가까운 입장이긴 하지만. 크리스티나를 믿고 함께 지켜봐 주면 좋겠어. 네가 옆에 있어준다면 그것만으로도 든든할 테니까……."

"……알겠습니다."

세리아의 말에 리오도 그제서야 미소를 되찾고 고개를

끄덕였다.

"후후후."

그 모습에 모니카가 생글생글 웃으며 리오와 세리아의 얼굴을 번갈아 바라보았다.

"뭐, 뭔가요, 어머님?"

"어쩐지 내가 방해꾼이 된 것 같네."

세리아가 긴장한 얼굴로 어머니에게 묻자, 모니카는 품위 있게 한 손으로 볼을 감싸며 기쁜 얼굴로 그렇게 말했다.

"어, 어째서죠? 전혀 그렇지 않은데요."

그에 세리아가 수줍게 대답했다.

"그러니? 그럼 그의 팔을 좀 빌려볼까? 왠지 좀 피곤하네."

모니카는 리오의 팔을 껴안았다.

"무슨!" "잠깐……."

아연실색하는 세리아. 리오도 흠칫 놀라 반사적으로 거리를 두려고 했지만, 모니카가 꼭 끌어안고 놔주지 않았다.

"어, 어머님! 리오에게서 떨어지세요!"

당황한 세리아가 몸을 일으키더니 테이블을 사이에 두고 맞은편에 앉은 두 사람에게 달려갔다. 그리고 어머니 모니카를 리오에게서 떼어내려고 했다.

"어머어머, 질투하는 거니?"

모니카가 즐거운 표정으로 물었다.

"아, 아니에요! 이런 모습을 아버님이 보시면 졸도하실 거라고요!"

세리아의 높은 목소리가 실내에 크게 울려 퍼졌다.

그 후…….

리오의 주위에서는 평화로운 시간이 흘러갔다. 크리스티나나 히로아키 일행이 저택에 장기 체류를 하러 오기도 하고, 레이와 코우타에게 약혼자와 연인을 소개받기도 하고…….

마치 성녀 에리카와의 싸움도, 골렘의 습격도, 스튜어드가 일으킨 소동도 모두 없었던 일처럼…….

평온한 나날이 이어졌다.

크리스티나 역시 그날 밤의 일이 없었던 것처럼 평소대로 행동했다. 사람들 앞에서만 강하게 행동하고 친한 이들에겐 약한 모습을 보이지 않을까 생각했으나, 그렇지도 않았다. 플로라에게도 넌지시 상황을 물어봤지만 특별히 달라진 점은 없다고 했다.

한편, 리나는 미하루에게 빙의하여 몇 번 정도 더 세리아와 접촉하기도 하고, 그 밖에도 다른 곳에서 은밀히 움직인 것 같지만, 리오의 앞에 모습을 드러내는 일은 거의 없었다.

어쨌든 그렇게 해서 리오는 잃어버렸던 일상을 되찾았고…….

한 달 반이라는 시간은 순식간에 흘러갔다.

【제 6 장】 ❀ 대담

해가 바뀌고.

신성력 1001년.

어느 날 오후.

세 척의 마도선이 가르아크 왕국 왕도에 도착했다. 벨트람 왕국 본국 정부 사절단이 탄 배였다. 대표는 헬무트 아르보. 즉, 아르보 공작 본인이었다. 또한 세리아의 아버지 로랑도 동행했다.

레스토라시온과의 대담은 다음 날로 예정되어 있으며, 아르보 공작을 필두로 한 사절단의 대표들은 가르아크 왕성에서 숙박하기로 했다.

한편 로랑은 샤를로트의 호출을 받은 형태로 리오의 저택으로 향했다. 표면적으로 아르보 공작파와 동행한 입장이기에 단독 행동은 하기 어려웠지만, 방문처가 제2 왕녀의 초대라면 거절할 수 없는 핑계가 된다.

아르보 공작파를 자극할 위험이 있었기에 크리스티나 일행까지 부를 수는 없었지만 말이다.

"모니카, 세리아!"

저택 앞에서 대기하고 있던 모니카와 세리아를 발견한 로랑은, 감격에 찬 얼굴로 달려가 사랑하는 두 여인을 한꺼번에 끌어안았다.

"자, 잠깐, 아버님……."

"어머나."

주위의 시선을 의식해 수줍어하는 세리아와 어리광 부리는 아이를 달래듯 로랑의 등에 손을 얹고 토닥여주는 모니카.

"정말 보고 싶었어."

"아버님……."

로랑은 그저 두 사람을 안고만 있었다. 그 모습에 세리아도 어쩔 수 없다는 듯 포기하고 아버지의 포옹을 받아들였다.

"자, 다들 보고 계시니 슬슬 떨어질까요?"

"……."

어리광을 받아주는 것은 여기까지라는 듯, 이윽고 모니카가 입을 열었다. 하지만 여전히 두 사람을 더 느끼고 싶은지, 로랑은 움직이지 않았다.

"여보?" "……네."

모니카가 부드럽게 재촉했고, 로랑은 아쉬운 얼굴로 두 사람에게서 떨어졌다.

"자, 아마카와 경께 인사해야죠. 저와 세리아가 무척 신세를 지고 있으니까요."

"음. 그래, 그렇지. 아마카와 경, 그래, 아마카와 경이군. 오랜만이야. 아니, 사실 왕도에 도착하기 직전까지 자네를 잊고 있었던 기분이 드는군."

로랑은 말없이 리오의 얼굴을 바라보았다. 지금의 리오는 초월자로서 사람들의 기억에 남지 않는 존재가 되었다. 리나가 친 결계의 효과로 가르아크 왕국 왕도 일대에서는 그 제약을 면할 수 있지만, 결계 밖에서는 그렇지 않았다.

"기분이 드는 것이 아니라, 잊고 계셨을 겁니다."

"응?"

리오의 말에, 로랑은 무슨 말이냐며 의아한 얼굴로 고개를 갸우뚱했다.

"복잡한 사정이 있어서요. 일단은 가족끼리 시간을 보내시면서, 그에 관한 이야기도 들어주세요."

서서 이야기할 수는 없다며 리오는 로랑을 저택 안으로 초대했다.

"……그래. 배려해 줘서 고맙네. 이곳에 머무는 동안에도 아내와 딸이 신세를 지고 있었던 것 같은데, 뭐라고 감사의 말을 해야 할지……."

로랑은 자세를 바로 하고 깊이 고개를 숙였다.

"아뇨, 저야말로 두 분께 신세를 지고 있었습니다."

"호오, 자네가 모니카와 세리아에게 신세를……? 구체적으로 무슨 신세를?"

"여, 여러 가지로요."

로랑의 눈동자가 수상하게 빛났고, 리오가 그 압력에 짓눌렸다.

"여러 가지? 그 부분을 자세히 듣고 싶네만……."

"당신."

모니카가 웃는 얼굴로 남편을 제압한 덕분에 그 자리는 무탈하게 넘어갈 수 있었다.

◇ ◇ ◇

그 후 저택 응접실에서. 로랑은 아내 모니카와 나란히 소파에 앉아 세리아를 마주보고 있었다. 로랑이 옆에 앉은 모니카에게 달라붙어 한바탕 오붓한 가족의 시간을 보낸 후.

"그래서, 어떤가요? 본국의 지금 상황은……."

타이밍을 봐서 세리아가 조심스럽게 말을 건넸다.

"여전하지. 본국 정부는 아르보의 독주 무대다. 각처의 요직은 전부 자기 파벌 귀족들로 채우고, 다루기 힘든 귀족은 한직에 배치해 감시의 눈이 닿는 범위에 두고 있지."

로랑이 한숨과 함께 말했다.

"로다니아에서 잡혀간 분들은 어떻게 되었나요?"

"솔직히 처리에 골치를 앓고 있는 모양이야. 수가 너무 많으니까. 로던 후작을 필두로 한 주요 간부들은 왕도로 끌려갔지만, 말단 구성원들은 그대로 로다니아에 남겨져 있는 것 같아. 거기서 아르보의 입김이 닿은 대관에게 감시를 시키고 있다더군. 어설프게 분산시키는 것보다 한곳에 모아 두는 편이 관리하기에는 쉬우니까."

"로던 후작은 살아계신 건가요?"

"그래, 왕도의 감옥에 수용되어 있을 거다."

"다행이다. 크리스티나 님께 알려드려야겠어요."

세리아는 안도의 한숨을 내쉬며 가슴을 쓸어내렸다.

"그건 그렇고, 레스토라시온이야말로 어떠냐? 솔직히 상황이 많이 안 좋지?"

"……내일 대담 결과에 달렸죠. 저쪽의 요구를 들어주는 대신 어디까지 조건을 끌어낼 수 있느냐가 관건이에요. 이 대담에 관한 아르보 공작의 의도라든가, 혹시 뭔가 들으신 게 없나요?"

"안타깝게도 신뢰를 못 받고 있어서 말이다. 동석은 명령받았지만 애초에 아르보가 무슨 교섭을 하려고 하는지조차 모르는 상황이다. 미안하구나."

"아니요. 레갈리아의 반환과 대관식의 취소. 그것이 아르보 공작의 요구예요."

"아르보가 안고 있는 고민 그 자체로군……. 교섭할 생각은 있는 건가? 그런 요구는 받아들일 수 없지 않나? 후자는 몰라도 전자는 특히……."

"……."

세리아는 곧바로 대답하지 않고 의미심장한 표정을 지었다.

"설마, 받아들이겠다고?"

로랑이 침을 삼키며 물었다.

"조건에 따라, 다를 것 같아요."

"……대체 무슨 조건을 내걸기에?"
"최소한 로다니아의 반환은 필요해요."
"그건, 아무리 그래도……."
무리가 있지 않겠냐며, 로랑은 말문이 막혔다.
"하지만 레갈리아에는 그에 상응하는, 아니, 그 이상의 가치가 있다고 생각하지 않으시나요?"
"그럴지도, 모르겠지만…… 레갈리아를 반환하면 그야말로 레스토라시온은 비장의 카드를 잃어버리게 되는 것이 아니냐? 설마 가짜라도 만들어 넘기려고?"
"비장의 카드인 만큼 레갈리아에 상응하는 조건을 이끌어낼 수 있을지 여부가 중요합니다. 게다가 대관식 취소도 의외로 중요한 협상 카드가 될지도 모르고요……."
"……무슨 뜻이지?"
로랑이 의아한 얼굴로 눈썹을 치켜올렸다.
"회의에서 얘기한 내용이에요. 우선……."
세리아는 회의 내용을 요약해 설명해 주었다. 즉, 아르보 공작이 크리스티나의 즉위를 부정하려고 해도, 비밀 투표가 철저히 지켜진다면 투표의 내용을 강요할 수 없어 즉위를 부정할 수 없게 될 가능성이 생긴다는 것.
"그러니까 아르보 공작은 크리스티나 님의 즉위가 확정되어 버리는 것을 두려워하고 있는 것이 아닐까요? 즉위가 확정되어 버리면 크리스티나 님의 왕위를 합법적으로 빼앗을 수단이 사라져 버리니까요."

마지막으로는 의문을 제기하는 형식으로 설명을 마쳤다.

"그렇군. 즉위의 부정에 필요한 표를 가진 귀족의 4분의 3 이상은 아르보의 영향 아래에 있지만, 투표 내용을 아르보가 알 수 없게 된다면 확실히……."

로랑은 수긍하면서 입가에 손을 얹고 생각에 잠겼다.

"……아버님의 판단은 어떠신가요?"

"좋은 착안점인 것 같구나. 크리스티나 님의 즉위가 확정되어 정식 왕이 돼 버린다면 분명 아르보 공작에게는 골치 아픈 사태일 거다. 그 리스크를 피할 수 있다면 피하려고 하겠지. 다만……."

"뭔가요?"

"……아르보가 그 리스크를 어디까지 예상하고 두려워하고 있는지는, 실제로 교섭의 장에서 가늠해 보기 전까지는 알 수 없어. 허용할 수 있는 리스크 범위 내라면 대단한 협상 재료가 되지 않을 수도 있고, 아마 일부러라도 그런 식으로 보이게 만들 거다."

"그 부분은 크리스티나 님도 지적하셨어요. 그래서 저쪽의 리스크를 자극하는 형태로 교섭해 나갈 필요가 있다고요."

"문제는 투표의 구조에 따라 얼마든지 익명성이 무력화될 우려가 있다는 거야. 역사상 한 번도 실시되지 않았던 제도의 구조를 만드는 것이니 당연히 분쟁이 생기겠지. 애초에 입법부를 좌지우지하고 있는 이상 아르보도 확실히 손을 쓸 거다."

국내 귀족의 압도적 다수가 아르보 공작의 영향력 아래에 있는 데다, 통치 기구가 갖춰진 왕도는 아르보 공작의 세력권이었다. 막상 투표가 실시된다면, 승산이 있는 것처럼 보인다 해도 레스토라시온의 입장이 불리하다는 사실에는 변함이 없었다.

'설령 크리스티나 님의 즉위가 확정된다 하더라도 아르보 공작파의 아성을 무너뜨릴 수 있느냐 없느냐는 별개의 문제다. 지금으로선 최선의 수이긴 하겠지만, 상황을 뒤집을 결정타가 될 수 있을지는…….'

로랑은 어두운 표정으로 생각에 잠겼다.

"그래서 대관식과 투표에 대해 국외의 주목을 얼마나 끌어모을 수 있느냐도 승부의 판가름이 될 것이라고 크리스티나 님이 말씀하셨습니다만……."

세리아가 복잡한 얼굴로 고민하는 아버지의 얼굴을 들여다보았다.

"역시 내가 떠올릴 만한 일은 이미 검토가 끝난 모양이구나……. 그건 그렇고, 그에 관해서 말이다만……."

로랑도 마침내 얼굴에 온화한 표정을 되찾았다. 그러고는 일부러 헛기침을 한번 하며 화제를 슬쩍 바꿨다.

"그라니 누구를 말하는 걸까요?"

알고 묻는 것인지 모르고 묻는 것인지, 모니카가 옆에서 기쁜 얼굴로 로랑을 들여다보았다.

"……아마카와 경 말이야."

"역시 미래의 사윗감에 대해서는 궁금할 수밖에 없겠죠."

로랑이 멋쩍은 얼굴로 이름을 밝히자 모니카가 생글생글 웃으며 그렇게 말했다.

"사, 사위?! 그게 무슨 말이냐?!"

"어, 어머님!"

"나는 들은 바가 없는데! 결혼한 거냐?! 아이가 생겼어?!"

"아, 안 했어요! 아이도 없고요!"

완전히 패닉에 빠진 세리아와 로랑.

"학원에 다닐 때는 이 아이가 과연 결혼할 수 있을까 걱정했으면서, 막상 어른이 되어 결혼 이야기가 나오자마자 이렇게 소란을 피우다니, 정말 곤란한 양반이네요."

모니카는 오른손을 볼에 얹고는 보란듯이 깊은 한숨을 내쉬었다.

"그때랑 지금은 사정이 다르잖아. 샤를과의 혼담 문제로 세리아에게 얼마나 큰 마음고생을 시켰는지…… 세리아가 원하지 않는 결혼은 절대 안 돼!"

"그럼 아무 문제 없잖아요? 세리아가 그를 좋아하니까."

"윽……!"

세리아는 귀까지 새빨갛게 달아오른 채 굳어버렸다.

"세, 세세세, 세리아?!"

"리, 리오를 좋아한다는 말은, 한 번도 한 적 없어요!"

"리, 리오?"

익숙지 않은 이름에 물음표를 띄우는 로랑.

"보고 있으면 알아, 부모니까. 리오 씨를 바라보는 네 얼굴은……."

"자, 잠깐만! 아마카와 경에 대해 얘기하고 있던 거 아니었어? 리오가 대체 누구야?"

"리오 씨는 아마카와 경을 말하는 거예요. 원래 세리아의 제자였고요."

"……무슨 말이지?"

모니카가 단적으로 설명했지만, 로랑의 의문은 오히려 늘어났다. 어리둥절한 얼굴로 모니카와 세리아를 번갈아 바라보았다.

"……어머님의 말씀이 맞아요. 제가 리오와 처음 만난 건……."

마침 좋은 기회라고 생각해 세리아는 리오와 얽힌 이런 저런 이야기를 설명하기로 했다. 리오와의 첫 만남은 슬럼가였다는 것. 플로라를 구출한 공적을 인정받아 왕립학원에 편입했다는 것.

"플로라 님을 구출한 고아. 그렇군, 그때 그……."

로랑은 눈을 동그랗게 뜨며 놀라움을 드러냈다.

"……어딘가에서 접점이 있었나요?"

세리아가 의아한 얼굴로 물었다.

"그가 왕립학원 편입을 허가받는 알현 자리에 나도 있었으니까. 설마 그가 그때 그 아이였을 줄이야……."

"그랬나요?"

"어쨌든, 그래서 세리아가 리오 씨의 담임이 된 거예요. 선생님과 제자라니 참 근사하죠?"

모니카는 흐뭇한 얼굴로 리오와 세리아의 첫 만남을 이야기했다.

"그, 그게 중요한 게 아니라 달리 설명해야 할 게 있어요. 아까 아버님이 왕도에 올 때까지 리오를 잊고 있었던 기분이라고 하셨잖아요? 그죠?"

"으, 음."

"리오는 말이죠……."

세리아는 이야기가 묘한 방향으로 탈선하기 전에 강제로 이야기를 바꿔버렸다. 즉 왜 리오에 대한 기억이 지워졌는가에 대해. 초월자에 대한 이야기는 숨기고, 저주와 비슷한 것이라고 설명했다.

"……."

바로는 믿기 어려운 이야기에 할 말을 잃은 로랑. 하지만 딸을 의심할 이유는 없었다. 전에 저택을 방문했을 때 리오의 부재에 대해 아무런 의문을 품지 않았던 것도, 스스로의 기억 상실을 증명해 주고 있었기 때문이었다.

"……그렇군. 참으로 힘든 일을 겪었구나, 그는……."

그렇게 대략적인 설명을 다 듣고 나자, 로랑은 리오의 처지를 가엾게 여겼는지 씁쓸하게 입매를 일그러뜨렸다.

"맞아요. 리오 씨는 힘든 일을 겪었어요. 과거에 학원에서도 모진 일을 겪었다고 하고, 그런데도 세리아나 레스토라시온을 걱정해 주고 있다니……. 정말 멋진 청년이죠. 그러니 세리아가 든든히 지지해 주렴. 알겠지?"

"네, 네……."

모니카가 말을 돌리자, 세리아는 쑥스러운 표정을 지으면서도 순순히 고개를 끄덕였다.

"그렇게 된 거니까, 당신도 응원해 줄 거죠?"

"윽……."

로랑은 싫어하는 채소를 눈앞에 둔 아이 같은 반응을 보였다.

"응원해 줄 거죠?"

"뭐, 뭐어, 그에게는 진 빚도 있고, 응원은 하지만……."

사랑하는 아내에게는 매우 약해지는 로랑.

"잘됐구나, 세리아. 아버님도 너희들 사이를 응원해 주신대."

모니카는 우아하게 두 손을 모으며 기쁜 목소리로 세리아에게 말했다.

"자, 잠깐! 응원하는 건 아마카와 경이지, 둘 사이를 응원하는 건……!"

"다음에는 그를 불러서 넷이서 오붓한 시간이라도 보내 볼까?"

"안 돼! 상견례는 아직 일러!"

로랑은 안절부절못하며 소리쳤다. 하지만 그것이 오히려 화근이 되었다.

“아직이라는 건, 세리아의 신랑감이 리오 씨인 것까지는 괜찮다는 거네요?”

모니카가 활짝 웃으며 물었다.

“윽! 아니야! 그린 거 아니다, 세리아!”

로랑은 간절한 눈빛으로 호소했다.

“몰라요.”

하지만 세리아는 뺨을 붉힌 채 휙 고개를 돌려버리고 말았다.

다음 날 오전. 드디어 레스토라시온과 벨트람 왕국 본국 정부 사절단의 대담 시간이 찾아왔다.

가르아크 왕성의 영빈관 객실 내.

크리스티나를 비롯한 레스토라시온의 인물들과 아르보 공작을 비롯한 본국 정부 사람들이 긴 테이블을 사이에 두고 마주 앉았다. 또한 대담의 사회 겸 감시자 역할로 가르아크 국왕 프랑수아가 양측 사이에 ㄷ자를 그리듯이 앉아 있었다.

“그럼 시작하지.”

프랑수아는 양 사이드의 중앙에 앉아 있는 크리스티나와 아르보 공작의 얼굴을 번갈아 바라보며 엄숙한 목소리로 개시를 선언했다.

"의제는 레갈리아의 반환과 대관식 취소에 관한 것이나, 우선은 본국 정부 측에서 의제와는 별개로 요구하고 싶은 것이 있는가?"

프랑수아가 아르보 공작을 바라보며 물었다.

"없습니다. 이미 통지한 바와 같이 본국 정부는 크리스티나 제1 왕녀에게 레갈리아의 반환과 대관식 취소를 요구합니다. 현재로서는 다른 요구는 없습니다."

아르보 공작이 낮지만 또렷한 목소리로 말했다.

"불경합니다! 감히 여왕 폐하께 제1 왕녀라니!"

레스토라시온의 귀족이 언성을 높여 비난했다.

"지금의 크리스티나 님은 잠정적으로 왕의 지위에 있다고는 하지만, 저희는 그 즉위를 부당한 것으로 보고 있습니다. 그래서 대관식을 취소하고 자주적으로 즉위를 취소하라고 요구한 것입니다. 호칭은 그 의향의 표시입니다."

"저런 불손한……!"

레스토라시온 소속의 귀족들은 분노했다.

"그것은 아버님의, 국왕 필립 벨트람의 요구인가? 아니면 헬무트 아르보 공작인 그대의 요구인가?"

한편, 크리스티나는 냉정하게 물었다.

"이상한 말씀을 하시는군요. 전 필립 벨트람 국왕 폐하의 이름으로 이 자리에 있는 것입니다. 그러니 당연히 폐하의 요구입니다."

아르보 공작은 코웃음을 치며 경멸 섞인 어조로 대답했다.

"그렇다면 대담에는 네가 아니라 아버님이 직접 오셔야 했을 텐데."

"그렇게 말씀하신다면 크리스티나 님이 본국의 왕도까지 방문하시는 게 맞지 않겠습니까?"

"그렇게 하면 무언가 구실을 들어 연금을 시키고 난 출국할 수 없게 되지 않을까?"

"무서운 발상이군요. 본인이 제게 같은 짓을 꾸미고 있어 나올 수 있는 발상인 겁니까?"

아르보 공작이 태연하게 되물었다.

실제로 지금은 아르보 공작을 잡을 수 있는 더없이 좋은 기회처럼 보였다. 하지만 협상 자리에 응하겠다고 합의한 뒤 왕의 대리인으로 나선 인물을 포박해 버리면 신용이나 명분을 잃는 것은 오히려 레스토라시온 쪽이었다. 그 후에 어떤 정세 변화가 일어난다고 해도 국내 귀족들의 신용을 되찾기는 어려울 것이다. 게다가 이번 경우는 대담 장소를 제공한 가르아크 왕국의 체면도 완전히 무너지고 만다.

다만 만일 이 대담이 벨트람 왕성에서 행해졌더라면, 아르보 공작은 망설임 없이 크리스티나를 포박했을지도 모른다. 소수파인 레스토라시온 소속 귀족들의 신용을 잃는다 한들, 아무런 손해가 아니라며 조금도 개의치 않을 것이 바로 아르보 공작이라는 남자였다.

"과거 성 안에서 행동의 자유를 제한받은 경험이 있기 때문에 나온 우려인데. 그건 그대의 지시였지?"

"글쎄요? 왕가의 신용이 실추되어 정국이 불안정한 상황에 신변을 보호하기 위해 호위했던 기억이라면 있습니다만……. 그보다 의제가 벗어난 것 같습니다만? 슬슬 답변을 듣고 싶습니다."

아르보 공작이 뻔뻔하게 요구했다.

"레갈리아를 돌려달라, 대관식을 취소해라. 그저 요구만을 입에 올릴 거라면 받아들일 이유는 아무것도 없지. 대담은 여기서 끝이다."

크리스티나는 냉담한 얼굴로 쌀쌀맞게 대답했다. 양보할 거면 네가 먼저 해라, 그게 싫으면 돌아가라고 은연중에 말하고 있는 것이었다.

"그럼 어떻게 하라는 겁니까?"

아르보 공작이 귀찮다는 듯 탄식하며 물었다.

"원하는 것을 손에 넣고 싶은 것은 그쪽이니까, 교섭의 조건 정도는 먼저 제시하는 게 맞지 않을까?"

"……협상이 아니라 항복 권고를 드리는 중입니다만. 이전에도 말씀드렸지만 반역자와 대등하게 협약을 맺는 일은 있을 수 없습니다."

아르보 공작이 불쾌한 얼굴로 눈살을 찌푸렸다.

"왕의 지위에 있는 나를 반역자로 규정하겠다는 건가?"

"잠정적인 지위일 뿐이죠. 아직 대관식도 치르지 않았습니다. 그 즉위는 부당한 것이라고 이미 말씀드린 바 있습니다."

"그렇다 해도 왕이다. 국법인 왕실 규범에도 명확히 규정되어 있지. 왕이라도 어겨서는 안 될 법을, 고작 공작 따위가 어겨도 된다고 누가 허락했지? 그대가 왕의 대리인으로 그곳에 있든 말든 상관없나. 어겨도 된다고 생각하는 거라면 그거야말로 불손하기 짝이 없군. 왕권에 반기를 드는 반역자는 대체 어느 쪽이지?"

크리스티나는 아르보 공작의 역린을 건드리는 것을 조금도 두려워하지 않고 직설적인 말로 신랄하게 몰아붙였다.

"……그런 의도는 전혀 없었습니다만, 오해를 불러일으킨 모양이군요."

겉으로는 미소를 가장하려 애를 쓰고 있었지만, 아르보 공작의 눈은 조금도 웃고 있지 않았다.

"여기서 오해할 여지가 있나? 애초에 반역자와 대등하게 협정을 맺는 일은 있을 수 없다고 발언한 의도는 무엇이지? 적어도 일개 공작이 왕에게 할 말이라고는 도저히 보이지 않는다만."

"……크리스티나 **여왕 폐하**를 반역자라고 말씀드릴 생각은 없었습니다. 하지만 레스토라시온이라는 조직은 반역자들의 모임이 아닙니까?"

"이제 와서 말을 바꿔 여왕 폐하라고 호칭을 고치는 걸 보니, 겉으로는 대단한 체해도 속은 좀스럽구나."

아르보 공작을 화나게 만들어서 협상의 주도권을 쥐는 것이 목적인지, 크리스티나의 부추김은 멈추지 않았다.

'이 여우 같은 계집이!'

효과가 있었는지, 아르보 공작의 미소가 일순 무너질 뻔했다. 속으로는 분노가 치밀어 노발대발하고 있겠지만, 아슬아슬하게 자제심을 발휘해서 참고 있었다.

"이런 것에 트집 잡히기 싫다면 경솔한 발언은 삼가도록. 주위에 쓴소리를 해 줄 부하가 한 명도 없으니 다들 경솔한 발언을 눈감아 주고 있는 거겠지만."

"……."

오히려 분노가 정점을 찍고 냉정해졌는지, 아르보 공작은 말없이 미소를 다시 장착했다. 동석한 본국 정부 귀족들의 얼굴은 그런 그를 옆에서 지켜보며 완전히 두려움으로 얼어붙어 있었다.

"대관식에서 투표를 제안해 내 즉위를 부정하려는 것은 상관없다. 다만 법을 가볍게 여기는 발언은 절대 간과할 수 없어. 그것은 왕권에 대한 모독이다."

"……그럴 의도는 없었습니다. 그렇기 때문에 자진해서 즉위를 철회해 달라고 말씀드리는 것입니다. 그 요구 자체는 법에 어긋나지 않겠지요."

"그렇지. 그리고 우리가 그 요구를 받아들일 이유가 없다는 것도 이미 전한 바와 같다."

크리스티나는 냉정하게 일축했다.

"……강경하게 나오실 입장이 아닐 텐데요?"

"강경하네 뭐네 할 것도 없이, 현 상황에서 즉위를 철회

할 이유는 어디에도 없지 않은가?"

"설마 투표에서 이길 수 있다고 생각하시는 겁니까? 졌을 때를 대비해 미리 항복하고 심증이나 조건을 준비해 두는 편이 좋지 않겠습니까?"

"왜 내가 당연히 질 거라고 생각하는 것인지 모르겠군. 해 보지 않으면 결과는 알 수 없어."

"할 것도 없이 자명하다고 생각합니다만."

아르보 공작은 노골적으로 비웃었다.

"마치 본인의 의향에 따라 투표 결과가 결정되기라도 하는 것처럼 말하는군. 그대에게 인정된 표의 가치는 한 표뿐일 텐데."

"물론입니다. 그러나 파벌의 우두머리인 저의 의견에 따라 표를 던지는 자들이 많을 겁니다."

"표는 각자의 자유 의사로 내야 하는 것이다. 그대의 뜻대로 투표 내용을 좌지우지할 수 있다면 그대가 여러 표를 갖고 있는 것과 다를 바가 없지."

"말씀드렸다시피, 저와 뜻을 같이하는 자들이 각자의 자유로운 의사로 제 의견을 따르고 있는 것입니다. 결코 강요하고 있는 것은 아닙니다."

그렇게 단언할 수 있는 것이 아르보 공작이라는 남자였다. 그것이 자만이라는 생각조차 하지 않는다.

"그렇다면 투표의 방식이나 관리 방법에 대해서도 이야기해 두고 싶군. 이 자리에서 큰 틀을 합의해 두면 앞으로의 수고를 줄일 수 있을 터."

여기서 크리스티나가 의제를 내밀었다.

"……그 말씀은?"

아르보 공작의 눈동자가 날카롭게 가늘어졌다.

"역사상 한 번도 실시된 적이 없는 투표를 진행하게 되는 거다. 실제로 어떻게 투표를 하게 될지, 그에 대한 구조와 절차는 필요한 법. 설마 이만큼의 반대표가 있습니다, 하고 그대가 멋대로 집계를 내려 대관식장에 들여올 생각이었던 건 아니겠지?"

아르보 공작이라면 충분히 쓸 수 있는 방법이라고 생각한 것인지, 크리스티나가 의심 어린 눈길로 물었다.

"의제에서 벗어나는 것 아닙니까?"

아르보 공작이 프랑수아에게 시선을 돌리며 물었다.

"프랑수아 국왕의 동의는 사전에 받아두었다. 투표에 관해 제도적 장치가 불필요하다고 주장하는 것이 아니라면 들어주었으면 하는군."

"그렇다면 상관없습니다만……."

"'투표의 비밀은 결코 침해되어서는 안 된다'. 왕실 규범의 오래된 규정에 이런 항목이 있다는 것을 알고 있나? 투표인이 다른 누군가의 의사에 좌우되어 표를 던지는 일을 막기 위한 규정이지."

"……알고 있습니다."

크리스티나가 비밀 선거에 대해 언급하자 아르보 공작

은 귀찮다는 얼굴로 미미하게 인상을 찌푸렸다.

“그렇다면 실제 투표를 실시하는 경우를 대비해, 투표의 구조는 익명성을 지키는 방식으로 구축한다. 여기에 이론은 없겠지? 파벌 사람들은 자유 의사로 표를 던지는 것이지 그대가 강요하고 있는 것은 아니니까.”

“……하지만 즉위의 정통성을 부정하는 중대한 결정을 내리는 만큼 투표한 개인의 책임은 분명히 해야 하지 않을까요? 다른 제도에서도 비밀 투표가 진행되는 경우는 없었습니다. 대신의 각료 회의나 의회의 표결에서도 누가 어떤 내용의 표를 던졌는지는 밝히는 것이 원칙입니다.”

지금은 즉위의 정통성을 부정하는 투표의 구조에 대해 이야기하고 있는데, 다른 제도에서의 투표 관행을 그럴싸하게 들먹이는 아르보 공작.

“즉 누가 내 즉위를 반대했는지 찬성했는지 사후에 전부 확인할 수 있도록 하자는 말인가? 비밀 투표라 규정한 법의 취지를 무시하고 싶다는 건가?”

“비밀을 어디까지 유지할 것인지에 대한 규정은 없기 때문에, 그 점에 대해서는 검토해 볼 여지가 있지 않겠느냐는 이야기를 하고 있는 겁니다. 게다가 어디까지나 규정은 규정에 지나지 않으니, 규정 자체를 변경할 수 있을지 여부도 검토해야 봐야 하고요.”

“정말 왕권을 경시하는구나. 왕가와 왕정의 근간을 정한 왕실 규범은 국가의 근간을 규정하는 법이나 다름없다. 국법 중에서도 불가침의 성역 중 하나로, 아무리 국왕이라고 해도 당대의 개정은 허용되지 않는다. 시행을 위한 법도 왕실 규범의 일부로서 같은 취급을 받지. 설마 그런 것도 모르고 발언하는 건가?"

만일 왕실 규범을 쉽게 개정할 수 있었다면 왕정을 폐지하는 것조차 가능해진다. 그렇기에 왕실 규범 개정에는 엄격한 요건이 붙어 있었다. 이를 무시하는 아르보 공작의 발언에 크리스티나는 어이없다는 감정을 숨기지 않고 얼굴을 확 찌푸렸다.

"……왕권을 경시하려는 뜻은 없었습니다. 다만 누구에 의해 어떤 판단이 이루어졌는지를 비밀로 한다면, 투표 용지 위조나 표 부풀리기 같은 부정이 일어날 수도 있지 않겠습니까? 그런 불안을 우려한 것입니다."

"그것은 투표의 구조 설계와 관리로 방지할 수 있다. 오히려 투표 내용을 전부 공개했을 때 생기는 폐해를 막는 것이 더 어렵지."

"누군가의 뜻에 좌우되어 표를 던질 거라는 말씀이십니까? 그러나 그런 폐해를 따지기 이전에, 정치란 본래 그런 것이라고 생각합니다만."

영향력을 가진 자가 주위에 영향을 미쳐 원하는 결과를 얻는 것이 무슨 잘못이냐며, 아르보 공작은 오만한 얼굴로 콧방귀를 뀌었다.

"파벌 사람들이 본인의 의견에 따라 표를 던지지 않을까 불안한가? 본인의 뜻대로 되지 않을지도 모르니 말이야."

크리스티나가 도발하듯 물었다.

"……당신의 뜻대로 될 거라는 보장도 없지요. 뭐, 좋습니다. 투표를 실시하게 된다면 정해진 법에 따라 구조를 설계하도록 하지요."

아르보 공작은 불만스러운 표정을 지으면서도 비밀 투표를 받아들였다.

"구조의 설계와 투표의 관리에 대해서는 제삼자인 가르아크 왕국의 협력을 얻고자 한다. 어느 한쪽이 관리 집계를 담당한다면 서로 불신이 생길 테니 말이야."

"……상관은 없습니다만, 그것보다 먼저 논의해야 할 일이 있지 않을까요? 대관식을 취소해 주신다면 애초에 불필요한 이야기가 될 텐데요."

"우리로서는 현재 대관식을 취소할 이유가 없다고, 이미 전했다고 생각한다만?"

"조건이 있다면 얼른 제시해 주셨으면 좋겠습니다."

아르보 공작이 성가시다는 듯 한숨을 내쉬며 조건을 재촉했다.

"로던 후작령의 반환, 붙잡힌 포로들의 반환, 그리고 이후 10년간 반환된 영토에 대한 침략을 금지. 이 조건들을 받아들인다면 대관식 취소를 고려해 볼 여지가 있지."

그러자 크리스티나가 그런 요구를 했다.

"……어처구니가 없군요."

아르보 공작은 노골적으로 불쾌함을 드러냈다.

"대관식 취소는 즉위 철회를 의미한다. 거기에 상응하는 조건이라면 이걸로도 부족할 정도야."

"레갈리아만 있으면 언제든지 즉위 선언을 다시 할 수 있지 않습니까. 그래서는 의미가 없습니다."

대관식 철회는 어디까지나 자진 철회에 불과하다. 나중에 마음이 바뀌면 얼마든지 즉위를 재선언할 수 있지 않느냐며 아르보 공작이 주장했다.

"그대가 내 재위를 금지하고 싶은 마음도 이해해. 그러니 우리 조건을 받아들인다면 앞으로 10년간 즉위 재선언을 하지 않겠다는 확약은 할 수 있다."

"호오, 10년이라……."

그렇다면 재고의 여지가 있다고 생각한 것일까, 아까보다는 호의적인 반응을 보이는 아르보 공작.

"만일 아버님께서 승하하여 왕위가 부재하게 될 경우의 대처에 대해서는 별도로 검토하는 것으로 하지. 물론 아버님이 건재하시다면 쓸데없는 우려가 되겠지만."

그런 우려가 현실화한다면 네놈이 아버님을 암살하는 짓을 벌였을 때뿐이다. 그런 뜻을 담아 크리스티나는 아르보 공작에게 날카로운 눈빛으로 경고했다.

"……그렇군요. 침략 금지를 담은 것은 지난번 대담을 통해 얻은 교훈입니까?"

아르보 공작은 조소를 지으며 도발로 응했다.

애초에 레스토라시온이 로다니아를 잃은 것은 지난 대담 직후의 일이었다. 이때 샤를의 신병과 단죄의 광검을 반환하는 것을 조건으로, 크렐 백작가를 쌍방의 전령 역할로 세우고 레스토라시온에 연루된 자들을 함부로 숙청하거나 인질로 삼지 않는다는 협정이 체결되었다.

침략 금지는 협정에 포함되지 않았기 때문에 아르보 공작은 대담이 끝난 직후 로다니아를 기습한다는 대담한 작전을 실행해 레스토라시온이라는 조직에 치명상을 입혔다.

"맞아. 그래서 이번 협정에서는 그에 상응하는 처벌도 요구할 생각이다. 불가침 협정을 어길 경우, 그대는 재상과 원수의 지위에서 물러나 그 권한을 모두 아버님께 반환하고 정치에서 은퇴한다. 현직 대신들로 구성된 각료도 해산한다."

그 말은 곧 권력을 모두 내려놓으라는 요구나 다름없었다.

"……장난이 너무 심하신 것 아닙니까?"

"장난할 생각은 없어. 그대가 약속을 지키면 그만인 이야기야. 참고로 프로키시아 제국의 관계자를 동원해 침략을 일으킨 경우라도 같은 처벌을 발동하겠다. 이전에 목격된 얼음 용사의 모습이 목격되면, 묻지도 따지지도 않고 그대의 지시라고 간주할 것이다."

"다른 나라의 군사 행동까지 어떻게 관리할 수 있단 말입니까."

"그럼 부탁하도록 해. 제국의 대사와도 친분이 있겠지?"

"……."

아르보 공작의 이마에 핏대가 떠올랐다.

"이의는 없나?"

"……그 전에, 레갈리아도 조건에 따라서는 반환할 의향이 있으신 겁니까?"

"그래. 레갈리아의 반환 조건은 그대가 재상, 그리고 원수의 지위에서 물러나 그 권한을 모두 아버님께 반환하고 정치에서 은퇴하는 것. 그리고 현직 대신들로 구성된 각료를 해산하는 것이다. 그 경우에는 로다니아의 반환 협정과 처벌 내용이 일부 중복되니 재검토가 필요하겠지."

어느 쪽이든 아르보 공작 입장에서는 도저히 받아들일 수 없는 조건이었다.

"반환할 생각이 없다면 그렇게 말씀하시면 될 것을."

"있으니까 조건을 제시한 것 아니겠나. 레갈리아의 가치를 낮게 평가하지 말아줬으면 좋겠군."

"……."

머릿속으로 계산기를 두드리고 있는 것인지, 아르보 공작은 찌푸린 얼굴로 입을 다문 채 검지손가락으로 툭툭 테이블을 치기 시작했다.

"어떻게 하겠나. 필요하면 잠시 쉬었다가 대담을 재개하겠나?"

조용히 대담을 지켜보던 프랑수아가 이 타이밍에 입을 열며 두 사람을 바라보았다.

"우리는 천천히 검토해도 문제 없다."

크리스티나가 맞은편에 앉은 아르보 공작에게 말했다.

"……아뇨, 괜찮습니다. 로다니아 반환에 대해서는 협정을 맺을 용의가 있습니다. 레갈리아는 반환하지 않으셔도 상관없습니다."

아르보 공작은 그 자리에서 곧바로 답을 내놓았다.

"역시 위험한 다리는 건너고 싶지 않다는 건가?"

즉 대관식을 통해 크리스티나의 즉위가 확정되는 리스크를 완전히 제외하고 싶다는 뜻이었다. 즉위가 확정되어 정식으로 여왕이 되어 버리면 왕위에서 쉽게 끌어내릴 수 없게 될 테니까.

"좋을 대로 해석하셔도 됩니다. 단 협정을 주고받는 것은 각 조건을 보다 면밀히 검토한 뒤 했으면 합니다. 특히 당신이 스스로에게 부과한 재즉위 금지. 그것을 어겼을 때의 처벌에 관해서는 아직 내용을 듣지 못했으니까요."

자신에게 원수와 재상의 지위를 내려놓으라는 처벌을 들이밀었으니, 당연히 그쪽에도 처벌은 있겠지요? 아르보 공작이 그리 뻔뻔하게 물었다.

"목을 걸지."

크리스티나가 짧게 선언했다.

"목, 이라고 하심은?"

"말 그대로의 의미다. 10년 안에 조건을 어기고 즉위를 다시 선언하는 일이 있으면 내 목숨을 걸겠다."

"……훗, 후하하핫!"

아르보 공작은 눈을 부릅뜨더니 크게 웃음을 터뜨렸다.

"불만인가?"

"아니요, 영광입니다. 본래라면 재상과 원수의 목으로도 균형이 맞지 않을 테니까요. 하지만 정말로 괜찮으시겠습니까?"

"서로 조건만 어기지 않으면 아무 문제가 없지 않겠나?"

도발하듯 묻는 아르보 공작에게 크리스티나는 당당하게 대답했다.

"확실히. 조건을 어기지 않는다면 아무 문제가 없겠군요."

아르보 공작은 깊이 동의하며 만족스럽게 입꼬리를 치켜올렸다.

"그럼, 세부 사항을 다듬도록 하죠."

"그러지."

그리하여 레스토라시온과 본국 정부의 대담은 일단의 합의점을 찾아 마무리 국면을 향해 갔다.

해가 완전히 저문 무렵.

본국 정부와의 대담이 끝나고, 레스토라시온 간부들은 영빈관의 한 객실에서 식사 모임을 갖고 있었다.

"으하하."

로다니아를 빼앗긴 이후 조직에는 언제나 무거운 분위기가 감돌았지만, 지금만큼은 보기 드물게 방 안에 유쾌한 웃음소리가 울려 퍼지고 있었다.

"예상 이상의 성과였습니다. 실마 정말로 로다니아를 되찾을 수 있을 줄이야."

"이를 갈던 아르보의 얼굴을 보니 정말 통쾌하더군요."

"크리스티나 님의 협상술이 정말 훌륭했습니다."

로던 후작령의 반환, 로다니아 포로들의 반환 및 이후 10년간 로던 후작령 침공 금지. 협정의 정식 체결은 아직이지만, 대략적인 합의는 이미 맺은 상태였다. 현시점에서도 이만한 성과를 얻었다는 것은 확정 사항이었으니, 흥분하지 말라고 하는 것이 무리였다.

"정말 멋진 대담이었습니다. 그 정도로 크리스티나 님이 예상하고 있던 흐름대로 흘러갈 줄이야."

흥분한 일행들 틈에서 조금 떨어진 곳에서는 알베르트 백작이 크리스티나를 칭찬하고 있었다.

"유그노 준남작의 공이지. 대담의 방향을 세운 것은 그이니까."

크리스티나는 이 자리에 없는 유그노 준남작을 치켜세웠다.

"……이 정도로 큰 성과를 얻었습니다. 그럼에도 앞으로의 예정에 변경은 없습니까?"

"그래, 없어."

알베르트 백작이 눈치를 살피며 묻자, 크리스티나는 단호히 고개를 저었다.

"하지만……."

"잊지 마. 로던 후작령을 되찾으면 표면상 원상 복구된 것처럼 보이겠지. 하지만 이쪽은 그 대가로 즉위라는 최대의 비장의 카드를 사용할 수 없게 됐어. 되돌아온 것은 표면적인 부분뿐이야. 코앞까지 다가온 조직의 수명을 고작 10년 더 늘린 것에 불과하지. 아니, 그 10년이라는 시간조차 너무 낙관하는 것은 위험해."

"……."

알베르트 백작은 침통한 표정으로 입을 다물었다.

"나라의 중추가 아르보에 의해 좌우되고 있는 한 언제 어떤 정세의 변화가 일어난다 해도 이상하지 않아. 로다니아에서 압수된 사유 재산도 온전히 돌려받기 어려울 것이고, 당분간 재정은 악화되겠지. 밖에서도 안에서도 예측할 수 없는 상황이 계속될 거야."

정신을 차려보니 실내에 있는 귀족들은 대화를 멈추고 있었다. 모두가 크리스티나의 말에 귀를 기울이고 있었다.

"잊어선 안 된다. 향하는 방향이 같기 때문에 우리 모두 이 자리에 있는 거야. 당신들이 봐야 할 것은 나무가 아니라 숲이지. 나라의 미래가 이 자리에 있는 모든 사람의 어깨에 달려 있다. 그렇게 생각하도록."

크리스티나는 방 안에 있는 이들에게 당부했다.

"……명 받들겠습니다. 저희의 충성은 평생 크리스티나 님께 바치겠습니다."

알베르트 백작은 그 자리에 무릎을 꿇고 크리스티나에게 충성을 맹세했다. 실내에 있던 다른 사람들도 잇따라 일제히 무릎을 꿇었다.

"……전혀 이해하지 못했군."

크리스티나는 고개를 숙인 일동을 바라보며 난처한 얼굴로 쓴웃음을 지었다.

【막 간】 ❖ 미련

얼음의 가면을 쓰자.

그렇게 결심했을 텐데.

아니, 가면은 이미 쓰고 있는데.

정신을 차려보면 그의 모습을 눈으로 쫓고 있는 자신이 있었다.

가면 너머로 들여다보는 정도라면 용서받을 수 있지 않을까? 그렇게 생각하며 스스로를 납득시켰다. 정말 약한 여자구나, 나는.

계기는 그날 밤이었던 것 같다.

시간이 상당히 흘렀지만, 혼잡함을 틈타 그에게 포옹을 요구한 것은 지금 다시 생각해도 민망한 일이었다.

너무나도 저속한 짓이었다. 혼인 전까지는 정조를 유지해야 한다며 엄격하게 훈육받고 자란 왕족의 여인이, 약혼자도 아닌 이성의 육체를 원하고 말았다. 마치 여동생이 건네준 공주와 기사의 사랑 이야기—— 그 한 장면 같았다.

——뭐야, 이 왕족 자격 미달에 해맑기만 한 공주는?

——현실감이 없네.

책을 읽었을 때는 그렇게 생각하며 혀를 찼는데, 정작 자신이 그와 비슷한 일을 해 버렸으니 비웃을 자격도 없었다.

게다가 자신은 그 이야기에 등장한 공주처럼 귀엽지도

않았다. 등장인물들에게 사랑받는 성격도 갖추지 못했고, 그 공주라면 여동생이 더 잘 어울릴 것이다. 뭐, 그런 저속한 짓만큼은 여동생도 절대로 하지 않겠지만…….

한편 그는 이야기에 나오는 기사에 가깝다고 생각한다. 신사이고, 상냥하고, 성격 좋고, 이야기에 등장하는 기사보다 훨씬 더 강하고, 객관적으로 봐도 확실히 매력적이었다.

그래서.

그래서 그런 것은 결코 아니지만…….

궁금했다.

'그날 밤의 일을 그가 어떻게 생각하고 있을까? 어쩌면 나를 걱정해 주고 있는 것은 아닐까?' 하고.

나는 타산적이고 교활한 여자라고 생각한다.

그를 걱정시키는 것은 바람직하지 못하다고 생각해서 평소대로 행동할 수밖에 없었다. 실제로도 그것을 신경 쓰면서 일상을 보냈다. 하지만 그날 밤의 일이 있었으니, 상냥한 그라면 나를 걱정해 주지 않았을까, 그런 옅은 기대를 품고 있기도 했다.

그리고 실제로 그가 나를 걱정하고 있었다는 말을 전해 들었을 때는 얼음 가면이 녹아버리지 않을까 싶을 정도로 기뻤다. 그는 상냥하기 때문에 상대방이 내가 아니었다 해도 분명 신경을 썼겠지만, 그렇다 해도 나도 걱정받는 대상이 될 수 있었다는 사실을 실감하자 행복과 기쁨으로 온몸이 떨렸다.

하지만 나는 비겁하다. 욕심이 생겼다. 더 많은 것을 바라게 되었다.

나를 좀 더 봐줬으면 좋겠다. 좀 더 나를 걱정해 줬으면 좋겠다. 혹시라도 떨어질 관심의 부스러기를 기대하며, 그를 더 깊이 의식하게 되었다. 자신을 정말 걱정해 주고 있는지 그 기대를 확인하는 작업에 집착하게 된 것이다.

그러다 우연한 순간, 그가 자신을 걱정하고 있음을 실감하면 기쁘고 행복해지고…… 마음의 버팀목이 되었다.

하지만 약도 지나치면 독이 된다. 그의 다정함을 이용하는 내 모습이 싫어졌다. 그럴 자격은 내겐 없는데…….

그러니 그가 주는 이 행복도 미련도 끊어내야만 했다.

괜찮다.

등을 밀어준 것도 그였으니까.

그날 밤이 있었으니까.

그가 안아줬으니까.

결심이 섰다.

얼음 가면을 쓸 수 있었다.

그러니까 마지막까지 가면을 계속 쓰고 있어야 한다. 다행히 지금으로서는 모든 일이 계획대로 진행되고 있었다.

그날 밤의 추억만 있다면.

이 앞에 기다리고 있는 미래가 지옥이라 해도 괜찮았다.

가슴속에 깃든, 얼음마저 녹여버릴 것 같은 이 열이라도.

아마도…….

"안녕히."
모르는 척할 수 있다.
나는 앞으로 나아갈 것이다.

【제 7 장】 ❖ 선서

본국 정부와의 대담으로부터 몇 주가 지난 밤.

크리스티나는 영빈관에 있는 자신의 방 발코니에서 홀로 서 있었다. 밤이면 어두워서 잘 보이지 않았지만, 낮이라면 멀리 리오가 사는 저택이 보였다. 마침 크리스티나의 시선이 향하는 곳도 그 방향이었다. 고요하게 잠긴 밤의 경치를 바라보는 그녀의 눈빛은 어딘가 아득하고 흐릿했다.

"……."

크리스티나의 입이 희미하게 움직이며 무어라 중얼거린 순간, 등 뒤에서 발코니 창문이 열리는 소리가 들렸다. 커튼을 열어둔 채로 있었으니 여기에 그녀가 있다는 것을 짐작하고 다가온 모양이었다.

"……언니?"

그런 식으로 그녀를 부르는 인물은 한 명밖에 없었다.

"플로라. 미안해. 깨웠니?"

크리스티나는 다정한 미소를 지으며 방금까지 한 침대에서 자고 있었던 소중한 여동생을 돌아보았다.

"아니에요, 문득 눈을 떠보니 언니가 없어서요. 뭘 하고 계셨던 거예요?"

"……달이 예쁘다고 생각해서."

크리스티나는 잠깐 뜸을 들인 뒤, 조금 전까지는 조금도 바라보지 않았던 밤하늘을 올려다보았다.

"와, 정말. 예뻐요……."

플로라는 반짝이는 눈으로 머리 위에 뜬 달을 바라보며 감탄했다.

"그렇지?"

크리스티나는 자애로운 미소를 지으며 플로라의 얼굴에 손을 뻗었다. 티 하나 없는 새하얀 손가락이 여동생의 뺨에 살짝 닿자 연보라색 머리가 살랑거리며 흔들렸다.

"후후."

플로라는 간지러운 듯 미소 짓더니 그대로 다가와 언니의 팔을 껴안았다.

"왜?"

"그야 언니, 내일이면 로다니아에 가버리잖아요. 외로우니까요."

"어리광은……."

크리스티나는 남은 한 팔을 뻗어 플로라의 머리를 쓰다듬었다.

"네게는 늘 외로운 기억만 안겨줬던 것 같네. 내가 레스토라시온에 합류하기 전까지는 가족과도 떨어져 있었으니, 아버님과 어머님도 뵙고 싶지?"

그러면서 그런 질문을 던졌다.

"……괜찮아요. 외롭지 않았다고 하면 거짓말이겠지만, 그만큼 지금은 언니와 매일 함께 있으니까요……. 미안해요,

언니.”

“……갑자기 왜?”

갑작스러운 여동생의 사과에 크리스티나는 의아한 얼굴로 고개를 갸우뚱했다.

“왕족으로서의 의무를 전부 언니에게 떠맡겨 버렸어요. 제가 믿음직스럽지 못해서 아무런 도움도 못 드리고…….”

플로라는 미안하다는 얼굴로 고개를 숙였다.

“그런 말 하지 마. 네게는 너만이 가진 장점이 있잖아.”

크리스티나는 조금의 망설임 없이 그렇게 단언했다.

“그런, 가요……?”

“그래, 난 기가 세고 애교도 없는 성격이라 사람을 잘 끌어당기지 못해. 남에게 다가가는 것에도 서툴고. 하지만 넌 그렇지 않지. 사람을 잘 받아들이고, 누구와도 구분 없이 친해질 수 있어. 나에겐 없는 훌륭한 능력이야. 그래서 도움을 받은 적도 많았어. 앞으로도 그게 큰 도움이 되어 줄 거라 생각해.”

“……언니는 귀여운 성격인데요?”

“무슨 말도 안 되는 소리니.”

크리스티나가 어이없다는 얼굴로 웃어 넘겼다.

“그런 점이 말이죠. 후후.”

플로라는 재미있다는 듯 눈을 가늘게 뜨며 웃었다.

“……언니는 리오 님을 좋아하고 계시죠?”

그리고 갑자기 그런 질문을 던졌다. 지금은 완전히 둘뿐이라 리오라고 부른 모양이었다.

"……뭐어?"

크리스티나의 목소리가 저도 모르게 뒤집혔다.

"나른 사람들은 눈치 못 챘겠지만, 언니를 잘 아는 저는 바로 알았어요. 요즘 언니는 리오 님을 자주 보고 계셨죠?"

플로라가 예리한 통찰력을 발휘했다.

"딱히 그렇지는 않은 것 같은데……. 그러는 너야말로 아마카와 경을 좋아하고 있지 않니?"

크리스티나는 어색한 얼굴로 되물었다.

"네? 저요……?"

플로라는 멍한 얼굴로 눈을 동그랗게 뜨더니 잠시 어색한 표정을 지었다.

"글쎄요? 솔직히 사랑의 감정으로 누군가를 좋아하게 된다는 게 어떤 건지 저는 아직 잘 모르겠어요……. 하지만 확실히 알고 있는 것도 있어요. 저에게 있어서 리오 님은 제가 존경하는 대상이라는 점이에요. 언니처럼."

그리고 이어서 솔직한 심정을 털어놓는다.

"나처럼? 아마카와 경이?"

이번에는 크리스티나가 멍해질 차례였다.

"네. 강하고, 상냥하고, 현명하고, 멋지고, 저를 지켜줘요. 그래서 저한테 만약 오빠가 생긴다면 이런 사람이 좋겠다고 생각했어요. 감히 바랄 수 없는 일이지만요……. 그래서 상대로는 저보다 언니가 더 잘 어울린다고 생각했어요."

플로라는 다정한 미소를 지으며 말했다.

"그렇지, 않아……."

크리스티나가 굳은 얼굴로 어색하게 입을 움직였다.

"언니."

플로라가 무언가 결심한 듯 입을 열었다.

"……왜?"

"전에도 말씀드렸지만 저는 언니를 더 많이 도와드리고 싶어요. 정치에 대한 건 어려워서 제가 나서봤자 방해만 될 뿐이라는 건 충분히 알고 있지만……."

"플로라……."

"언니가 저를 소중히 지켜주고 있다는 건 알고 있어요. 그 마음을 거스르고 싶지도 않고, 제가 감히 어떻게 그럴 수 있겠어요. 그래도, 이런 저라도 도울 수 있는 일이 있다면 뭐든 하고 싶어요."

그렇게 말하는 플로라의 눈동자에는 강한 의지가 깃들어 있었다.

'이 아이도 성장했구나…….'

크리스티나는 놀란 얼굴로 여동생을 마주 바라보며 천천히 입을 열었다.

"……그래. 내가 지나치게 과보호를 하고 있었는지도 모르겠네."

"맞아요. 언니는 저한테 뭐든 오냐오냐해 주시잖아요."

"그야 네가 어리광을 자주 부리니까……."

크리스티나는 그렇게 말했지만, 사실 그게 전부는 아니었다. 크리스티나 역시 자신의 일만으로 벅찼을 뿐더러, 그럴듯한 말만으로는 굴러가지 않는 정치의 세계에 가능한 한 여동생을 가까이 두고 싶지 않다는 마음도 있었기 때문이었다.

"……제가 그렇게 어리광이 많은가요?"

"부정할 수는 없지."

크리스티나는 아직도 자신을 껴안고 있는 플로라의 팔을 내려다보았다.

"이, 이건……."

"……힘들 거야."

"네?"

"약속할 수 있어? 무슨 일이 있어도 약한 소리를 하지 않겠다고."

크리스티나는 고개를 옆으로 돌리고, 그 각오를 가늠하듯 플로라의 얼굴을 진지하게 들여다보았다.

"……네."

플로라는 천천히 고개를 끄덕였다.

"그렇다면, 앞으로는 너도 해야 할 일이 많아질 거야."

"정말요?"

기뻐하는 플로라를 보며 크리스티나는 입가에 작은 미소를 지었다.

"그래, 하지만 지금은 이제 그만 잘까. 내일부터 로다니아로 가는데 감기라도 걸리면 큰일이잖아."

"그렇죠. 몸이 따뜻해지게 꼭 안고 자요."

플로라가 언니의 팔을 더욱 꼭 끌어안자, 크리스티나가 키득키득 웃었다.

"또 어리광부리네."

"오, 오늘 밤은 특별해요. 내일부터 한동안은 언니랑 만날 수 없게 되잖아요."

"그것도 그렇지. 그럼 오늘 밤은 나도 꼭 안아줄까. 네가 외롭지 않도록, 어리광을 마음껏 받아줘야지."

"정말요?"

"응."

그런 대화를 나누며 두 사람은 침실로 돌아갔다.

다음 날 아침, 크리스티나는 가르아크 왕국의 항구를 방문했다. 이제부터 왕도를 떠나 로다니아로 향할 예정이었기 때문이다. 호위인 알프레드를 비롯해, 배웅을 위해 항구까지 동행한 플로라, 히로아키, 로아나, 레이, 코우타도 함께 있었다.

참고로 대관식 취소와 재즉위 금지라는 조건과 맞바꾼 로다니아 반환 협정은 이미 체결된 상태였다.

이행 순서로는 우선 본국 정부군이 로다니아에서 퇴거

하고, 이어 레스토라시온의 선발대가 도시의 안전을 확인한 뒤 크리스티나가 현지에 가서 정식으로 대관식 취소를 서한으로 선언 · 통지할 예정이었다.

그렇기에 남은 시간은 얼마 없었지만, 크리스티나는 일단은 여왕의 지위에 앉아 있었다.

"언니, 리오 님과 세리아 선생님이에요."

저기 보세요, 라며 플로라가 아이처럼 순수한 미소를 지으며 말했다. 이제 막 항구에 도착한 마차에서 리오와 세리아가 내리고 있었다.

"아마카와 경. 세리아 선생님까지 오셨군요."

크리스티나는 먼저 두 사람에게 다가가 말을 걸었다.

"안녕하세요. 배웅을 하러 왔습니다. 여럿이서 몰려오면 폐가 될 것 같아서 저희 둘뿐입니다만."

"다들 오고 싶어 했거든요."

리오와 세리아는 사이좋게 나란히 서서 크리스티나의 인사에 답했다.

"감사합니다, 기쁘네요. 잘 어울리는 두 분이시군요, 후후."

크리스티나는 진심이 담긴 온화한 미소를 지으며, 조금 장난스러운 어투로 덧붙였다.

"노, 놀리지 마세요, 크리스티나 님."

세리아가 볼을 붉히며 부끄러워했다.

"언니가 누구를 놀리시다니 드문 일이네요. 기분이 정말 좋으신가 봐요."

플로라가 즐거운 표정으로 지적했다.

“실제로도 들떠 있는 거겠지.”

크리스티나가 우아하게 미소 지으며 동의했다.

“한때는 어떻게 되나 싶었는데. 굉장하네, 너도. 진짜로 로다니아를 되찾을 줄은 몰랐어.”

히로아키가 조금 건방진 말투로 크리스티나를 칭찬했다.

“히로아키 씨가 누군가를 칭찬하는 것도 정말 드문 일이네요.”

“그것도 그러네.”

레이와 코우타가 웃으며 놀려댔다.

“엉? 무슨 소리야. 나는 진짜만 칭찬하는 것뿐이야.”

“즉 크리스티나 님도 진짜라는 거군요.”

“일일이 바꿔 말하지 말라고.”

히로아키는 민망한 얼굴로 장난을 친 레이에게 헤드록을 걸었다.

“능력 있는 자들의 도움을 받고 있는 덕분입니다. 히로아키 님의 존재에도 큰 도움을 받았습니다. 감사합니다.”

“핫, 빈말은 됐어.”

크리스티나에게 감사의 말을 듣고 히로아키는 헤드록을 중단했다.

“빈말이 아닙니다. 히로아키 님께서 마지막까지 저희와 함께해 주신 덕분에 얼마나 큰 도움을 받았는지 모릅니다. 많이 의지하고 있고, 진심으로 감사하고 있습니다. 저는 표현이 서툰 사람이라 평소에 감사한 마음을 잘 전하지 못했지만요."

"아, 뭐, 그렇지는 않은데……."

히로아키는 멋쩍은 듯 눈을 피하며 머리를 긁적였다.

"우와, 엄청 부끄러워하네요, 히로아키 씨."

"얼굴 빨개졌네요."

"그만 떠들어!"

"앗!"

히로아키는 레이와 코우타를 양 옆으로 끌어안고 한꺼번에 헤드록을 걸었다.

"후후, 두 분이 히로아키 님 곁에 있으면 안심할 수 있겠네요."

크리스티나는 레이와 코우타를 바라보며 키득키득 웃었다.

"이거 참 부끄럽네요."

레이가 히로아키에게 헤드록을 당한 상태로 응수했다.

"히로아키 님, 가능하면 제가 부재중일 때 플로라도 신경 써 주실 수 있을까요? 알고 계시겠지만 낯을 많이 가리고 외로움도 많이 타는 아이라서요. 신경을 써주시면 감사하겠습니다."

크리스티나가 플로라를 바라보며 히로아키에게 부탁했다.

"아, 응, 맡겨둬."

히로아키는 어깨를 으쓱하며 고개를 끄덕였다.

"잘 부탁드립니다. 로아나도, 히로아키 님과 플로라를 잘 도와주세요."

"네."

로아나는 정중히 고개를 숙였다.

"세리아 선생님도, 무슨 일이 있으면 플로라 일행의 상담을 부탁드립니다. 여러 가지 상황을 확인해야 하기 때문에 현지 체류가 조금 길어질지도 모르거든요."

"물론이죠."

세리아가 상냥하게 고개를 끄덕였다.

"아마카와 경도. 걱정을 끼쳐 드렸습니다만, 덕분에 어떻게든 회복할 수 있었습니다. 감사합니다."

크리스티나는 이어서 리오를 향해 감사를 전했다.

"저는 아무것도 하지 않았는걸요."

"그렇지 않습니다. **당신에게 용기를 많이 받았으니까요…….**"

제게 용기를 주세요── 그날 밤, 크리스티나가 리오에게 했던 부탁이었다. 그러니 다른 이들이 듣기엔 그저 평범한 말일지 모르나, 이 세상에서 리오에게만은 특별한 의미를 가졌다. 물론 리오가 기억하고 있다면 말이다.

"……그렇다면 다행입니다."

제대로 통한 모양이었다. 리오는 눈을 살짝 크게 뜨더니 조금 주저하는 기색으로 입을 열었다.

"필요하시다면 호위로 동행하고 싶었습니다만……."

"아니에요, 괜찮습니다. 선발대가 이미 도착해서 안전은 확인되었으니까요. 알프레드도 동행할 거고요."

크리스티나는 입술을 꾹 다물고 밝은 미소를 지으며 거절했다. 그때 성큼성큼 돌바닥을 걷는 규칙적인 발사국 소리가 들려왔다.

"크리스티나 님, 환담 중 죄송합니다. 출발 준비가 끝났다고 합니다."

나타난 바네사가 보고했다.

"그래. 곧 갈게. 조금만 기다려."

"예."

그 보고에, 크리스티나의 표정이 굳었다.

"이제 출발 시간이 된 모양이에요."

다만, 크리스티나는 곧바로 다시 부드러운 표정으로 모두에게 작별을 고했다.

"부디 조심히 다녀오세요."

플로라가 예를 차려 인사하자 로아나와 세리아도 따라서 예를 차렸다.

"네, 여러분들도 조심히 지내세요."

마지막으로 그렇게 말한 크리스티나는 마도선으로 이어지는 트랩에 올랐다. 알프레드와 바네사도 뒤를 이어 승선을 마쳤다.

"……."

곧 트랩이 분리되고, 얼마 지나지 않아 마도선이 출항을 시작했다. 배는 마도구의 동력으로 움직이는 것이었기 때문에 물 위를 힘차게 뻗어 나갔다.

이윽고 부상하여 하늘로 날아가는 마도선을 배웅하는 일동.

"좋아. 그럼 하루토네 집에서 아침이나 먹을까?"

히로아키가 기분을 전환하듯 밝은 목소리로 말했다.

"히, 히로아키 님, 갑자기 찾아뵙는 건 좀……."

"마침 초대하려고 했던 참입니다. 꼭 와주세요."

로아나가 조심스럽게 건의했지만, 리오가 내방을 환영했다.

"가, 감사합니다, 아마카와 경."

로아나가 조금 미안한 표정으로 감사 인사를 건넸다.

"좋아, 정해졌네. 가자, 얘들아."

히로아키가 앞장서서 걸어가 항구에 정차되어 있는 마차로 향했다. 그 모습에 다른 이들도 뒤를 따랐다.

"……."

떠나려는 순간, 리오는 마지막으로 딱 한 번 크리스티나가 올라탄 마도선을 바라보았다.

다음 날, 크리스티나가 탄 마도선이 한 도시의 호수에 도착했다. 크리스티나가 홀로 머무르고 있던 선실에도 진

동이 전해졌다.

'도착한 모양이네.'

조용히 의자에 앉아 있던 크리스티나가 감고 있던 눈을 떴다. 그리고 몇 분 후, 조심스러운 노크 소리가 고요한 실내에 울려 퍼졌다.

"……크리스티나 님, 하선 준비가 완료되었다고 합니다."

복도에 대기하고 있던 바네사가 문을 열고 알렸다.

"알았어."

크리스티나는 데스크에 두고 있던 작은 상자를 닫고 손에 쥐더니 몸을 일으켜 방을 나갔다.

"알프레드는?"

그러고는 복도를 둘러보더니 걸음을 멈추고 물었다.

"유그노 준남작 쪽에 있습니다."

"그래. 가자."

크리스티나는 바네사를 데리고 복도를 걸어갔다.

그리고 갑판에 올라간 순간…….

크리스티나와 바네사는 무장한 레스토라시온 기사들에게 둘러싸였다. 분명 동료일 텐데, 명백한 적의가 느껴졌다.

"……이게 무슨 짓이냐?"

바네사가 주군을 보호하듯 칼자루에 손을 댄 채 험악한 표정으로 기사들에게 물었다.

"제가 지시했습니다."

그러자 선내로 이어지는 복도에서 구스타브 유그노 준

남작이 나타나더니 대답했다. 크리스티나와 바네사가 재빨리 고개를 돌렸다.
"……지금 뭐 하자는 거지, 유그노 준남작?!"
바네사가 분노를 담아 물었다.
"뭐긴요, 이런 겁니다."
거슬리는 남자의 목소리가 사람들의 무리 밖에서 들려왔다. 뒤늦게 레스토라시온의 기사들이 좌우로 갈라지며 길을 만들었다.
거기서 나타난 이는…….
"……아르보 공작, 샤를, 왜 네놈들이 여기 있지?!"
흠칫 놀란 바네사의 눈동자에 분노의 불꽃이 번뜩였다. 아르보 공작과 샤를은 본국군 제복을 입은 기사들을 잔뜩 거느리고 있었다.
"……로다니아가 아니군."
크리스티나는 멍한 얼굴로 마도선 밖에 펼쳐진 도시를 바라보았다. 그 눈에는 역력한 놀라움이 서려 있었다.
"훗."
그런 그녀의 모습을 보고, 아르보 공작은 마치 사냥감을 발견한 사냥꾼처럼 피식 웃었다.
"……이 배는 로다니아로 가던 게 아니었나."
크리스티나가 씁쓸하게 얼굴을 일그러뜨리며 말했다.
"도착지가 변경되었나 보지요."
아르보 공작이 웃음을 참기 힘들다는 듯 끅끅대며 말했다.

"……도대체 누구의 지시로?"

"말했듯이, 저의 지시입니다."

이를 악물며 묻는 크리스티나의 말에 유그노 준남작이 담담하게 말했다.

"수고했네, 유그노 **공작**."

아르보 공작이 유그노를 공작이라고 호칭하며 치하했다.

"잃어버린 작위를 탐내 배신한 것이냐, 유그노!"

바네사가 격분하여 소리쳤다.

"착각하지 말아줬으면 좋겠군. 작위의 몰수는 국왕 폐하의 전권. 크리스티나 님이 대관식을 취소하게 되면 국왕으로서 내려진 모든 결정은 소급적으로 무효가 되네. 내가 레스토라시온에 남았다고 해도 이 결론은 바뀌지 않았을 걸세."

조만간 작위는 되찾았을 것이라며, 유그노 공작은 얼굴을 찌푸리며 말했다.

"……왜 배신한 거지?"

크리스티나가 매서운 눈초리로 물었다.

"이상과 각오를 혼동한 당신의 안일함에 휘둘리는 것에 몹시 지쳤습니다. 그뿐입니다."

유그노 공작은 넌더리난다는 얼굴로 대답했다.

"……그래, 그게 당신의 본심인 건가."

"저뿐만이 아닙니다. 이 배에 탄 사람들 대부분도 더 이상 당신을 따를 수 없다고 판단했습니다. 모든 것은 당신의 안일함이 초래한 결과입니다."

그런 대화를 주고받는 크리스티나와 유그노 공작의 모습을, 아르보 공작은 흡족한 표정으로 지켜보고 있었다.

"큭……."

사방으로 둘러싸여 도망갈 곳은 없었다.

바네사가 검을 뽑으려는 순간이었다.

"멈춰라, 바네사."

알프레드가 등 뒤로 뻗은 함내 복도에서 나와 바네사에게 칼끝을 들이댔다.

"오, 오라버니까지…… 배신한 겁니까?!"

"미안하지만 나는 왕의 검이다."

알프레드가 감정을 지운 얼굴로 대답했다.

"더 이상 왕이 아닌 크리스티나 님께 검을 바칠 수는 없다. 뭐 그런 거겠지. 그 녀석은 융통성도 없고 고지식하니까. 여동생이면서 그런 것도 몰랐나보군."

샤를이 옆에서 끼어들며 빈정거렸다.

"윽……."

바네사가 분노한 얼굴로 이를 갈며 샤를을 노려보았다.

"흥, 반항적인 눈빛이군. 이봐."

샤를이 턱을 흔들어 주위 기사들에게 지시를 내렸다. 그러자 기사들은 크리스티나와 바네사를 향해 일제히 다가갔다.

"무례하구나!"

크리스티나가 언성을 높였지만, 그 말에 움직임을 멈추는 사람은 없었다. 크리스티나는 마봉의 족쇄를 손목에 차고, 바네사와 함께 속수무책으로 구속되고 말았다.

"그래서, 레갈리아는?"

아르보 공작은 만족스러운 눈길로 붙잡은 두 사람을 바라보며 유그노 공작에게 다가갔다.

"크리스티나 님이 가지고 계신 작은 상자에 들어 있습니다."

유그노 공작이 크리스티나를 바라보며 대답했다. 구속된 크리스티나의 손 안에는 작은 상자가 들려 있었다.

"이것인 듯합니다."

기사 중 한 명이 보고하며 작은 상자를 열었다. 안에는 한 통의 서한과 함께 반지가 하나 들어 있었다. 이 반지가 바로 벨트람 왕국 대대로 내려온 레갈리아 중 하나였다. 반지의 받침 부분이 인장 역할을 겸하고 있어 왕인(王印)이라 불리기도 했다.

"확실하군……. 참으로 수고가 많았네. 자네의 공적은 무척 커. 우리 사이에 여러 가지 오해도 있었지만, 모두 흘려버리게나. 약속대로 내무대신 자리를 마련했는데 그것만으로는 보상이 부족하겠지. 기대해도 좋네."

아르보 공작이 씨익, 하고 크게 입꼬리를 들어올렸다. 그리고 뚜껑을 닫은 작은 상자를 받아들고는 툭툭, 실로 다정하게 유그노 공작의 어깨를 두드렸다.

"……."

크리스티나는 괘씸하다는 듯 두 공작의 모습을 노려보았다.

"자, 왕도로 모시겠습니다."

아르보 공작은 그 눈빛을 태연하게 받아들이며, 과장되게 팔을 벌리고 크리스티나와 벨트람 왕국 왕도로 향했다.

크리스티나는 바네사와 떨어져 아르보 공작이 탄 본국 정부군 소속 마도선으로 홀로 끌려갔다.

그로부터 얼마 지나지 않아 마도선이 출발했고, 크리스티나는 배 안쪽 객실에서 소파에 앉아 아르보 공작과 마주보고 있었다.

"자, 이제 좀 차분히 대화할 수 있겠군요."

실내에는 그 밖에 샤를도 있었고, 아르보 공작 곁에 서 있었다.

"이것이 왕에 대한 대우인가?"

크리스티나는 자신의 두 손을 묶고 있는 마봉의 족쇄를 내려다보며 빈정거리는 미소로 물었다.

"물론 필립 국왕 폐하의 허락을 받은 조치입니다. 난동을 부릴 것 같으면 구속하는 것은 불가피한 일이니까요."

"내가 언제 난동을 부렸지?"

"하하하, 갑판에 있던 사람들이 목격했습니다."

사실은 얼마든지 조작할 수 있다며 아르보 공작은 비웃었다.

"……알고 있겠지? 지금의 난 아직 대관식 취소를 선언하지 않았어."

"협정에 위반되는 점은 어디에도 없습니다. 저희는 먼저 로다니아를 반환했고, 서한에 의한 통지라면 이미 받았습니다만?"

아르보 공작은 그렇게 말하면서 서류를 꺼내들었다. 거기에는 크리스티나가 대관식을 취소한다는 내용이 적혀 있었다.

"……압류를 잘못 말한 거겠지. 게다가 나는 아직 레갈리아의 도장을 찍지 않았다."

서한은 곧바로 발송할 수 있도록 크리스티나가 레갈리아 서명 직전의 상태로 휴대하고 있었다. 그것을 조금 전 포박당했을 때 압수당한 것이었다.

"그렇다면 이 자리에서 찍으면 되지 않겠습니까? 이런, 손이 그런 상태이니 도장을 찍는 것도 여의치 않겠군요. 그럼 재상인 제가 대신……."

아르보 공작은 방금 압수한 레갈리아를 사용해 보란 듯이 조소를 지으며 서한에 도장을 찍었다.

"……본인의 의사에 반하는 날인은 무효다. 문서 위조가 될 수도 있지."

"당신이 동의 내지는 추인(追認)하면 그렇게 되지는 않겠지요. 동의하지 않겠다고 하신다면 레스토라시온 측의 협정 위반으로 간주하여 반환한 로다니아를 무력으로 빼앗아올 뿐입니다."

"……정말이지 염치도 없군."

"흐하하하!"

크리스티나가 인상을 찌푸린 채 매도하자 아르보 공작은 실로 유쾌하다는 얼굴로 웃음을 터뜨렸다.

"안심하세요. 그쪽이 협정을 지킨다면 이쪽도 협정은 지킬 겁니다. 앞으로 10년간은 로다니아에게 손대지 않겠습니다."

아르보 공작이 밝은 어조로 말했다.

"……."

"협정을 지킬 보증이 없으셔서 불안하십니까? 그것을 위해 처벌이 존재하는 것 아닙니까. 로다니아를 침략하면 저는 재상과 원수의 자리에서 물러나야 합니다. 그것을 증명하는 서한은 레스토라시온에도 보관되어 있지요. 그것만으로는 부족합니까?"

"아니. 넌 염치는 없지만 동시에 체면이나 겉모습을 남보다 더 신경 쓰는 남자니까. 제삼자인 가르아크 왕국이 입회한 협정을 어길 배짱이 있다고는 생각하지 않아. 그 자랑하는 권력으로도 입을 다물게 할 수 없는 상대일 테니 말이야."

"……흥, 꽤나 절 잘 알고 있는 것처럼 말씀하시는군요."

크리스티나의 날카로운 성격 분석이 마음에 들지 않았는지, 아르보 공작은 살짝 눈살을 찌푸렸다.

"그 외에 네가 협정을 지킬 이유가 달리 있을까?"

"저희 쪽도 로다니아에서 잡은 포로들의 처우로 골머리를 앓고 있었으니까요. 언제 반기를 들지 모르는 불온분자들이 변두리에 모여 스스로 격리되어 준다면 그리 나쁜 이야기는 아니죠."

"……굉장히 얕보고 있구나. 레스토라시온이라는 세력을."

"얕보지 않을 이유가 있을까요? 당신은 포로로 잡았고, 레갈리아도 돌아왔고. 유그노는 제 군에 투항했습니다. 그 밖에 얼마나 대단한 위협이 있겠습니까? 기껏해야 일개 지방 세력이겠죠."

아르보 공작은 노골적으로 단정했다.

"그렇다면 그 유그노는 어떻지? 확실한 불온분자라고 생각하는데."

"확실히 무조건 신용할 수는 없지요. 하지만 스스로의 이익을 위해서라고는 해도, 어중간한 각오로는 그만한 입장을 가진 자가 쉽게 아군을 배신했을 리가 없습니다. 하찮은 말단이 배신하는 것과는 사정이 다르죠. 무엇보다 저는 성과를 평가하는 주의라서요. 당신과 레갈리아를 바친다는 큰 성과를 보인 이상 그에 합당한 대가를 주어 평가를 내릴 뿐입니다."

"이익으로 움직인다면 본래 적이라 해도 컨트롤할 수 있다는 건가?"

"위정자로서의 도량을 말하는 겁니다. 그런 유능한 경쟁자는 격리해서 반감만 사봤자 백해무익하죠. 가까이 두고 회유하는 편이 이익을 낳는 법."

"……그렇다면 배신자들끼리 사이좋게 지내면 되겠군."

크리스티나는 불쾌함을 숨기지 않고 말했다.

"결벽이 과하시군요. 본래 정치의 세계에 배신은 따르기 마련입니다. 적대하는 사람들이 이익만으로 손을 잡는 일도 흔히 있죠. 유그노에게 안일하다는 말을 듣는 이유가 있었군요."

"이익에 눈이 멀어 자신을 잃고 추악해지는 것보다는 나아."

"하찮은 곳에서 자존심을 고집하는군요. 그래서 인망도 없는 겁니다. 레스토라시온에 남아있는 자들이 불쌍하군요. 뭐, 앞으로는 돌아서는 사람들도 속출하겠지만요. 그렇지, 이후부터는 빨리 배신한 순서대로 더 좋은 자리를 마련해 볼까요?"

초조감을 자극하고 싶은 것인지, 아니면 단순히 화를 돋우려는 것인지, 아르보 공작은 노골적으로 크리스티나를 도발했다.

"그런 걸로 모두가 네게 돌아설 거라고 생각하지 마라."

다만 크리스티나는 살짝 얼굴을 찌푸릴 뿐이었다.

"결과는 불 보듯 뻔하다고 생각합니다만 말이죠. 뭐, 역사가 증명할 겁니다. 당신이 어떤 왕녀로 역사에 이름을 새길지 기대되는군요. 헛된 이상을 추구하며 나라를 어지럽힌 악녀라고 할까요?"

"넌 악명 높은 독재자가 고작이겠지."

"아니요, 제 역사는 제가 적을 겁니다. 승자의 말이야말로 진실이니까요."

아르보 공작이 거만하게 말했다.

"……내 역사도 네가 기록하겠다는 거군."

"그렇게 생각하십니까?"

"불안을 조장하려는 모양인데, 내게 협박은 의미가 없다. 네 주관으로 가득한 역사를 쓰고 싶다면 조건을 제시해."

"……참 이상한 말씀을 하시는군요. 갑자기 조건이라니?"

아르보 공작의 눈동자에 경계의 빛이 번뜩이며 눈이 가늘어졌다.

"대관식 취소 외에도 나에게 시키고 싶은 일이 있으니 이런 쓸데없는 이야기를 늘어놓는 거겠지?"

크리스티나는 바로 지적했다.

"……정말 영리한 여우로군."

중얼거린 아르보 공작의 미간이 못마땅한 듯이 깊게 패였다.

"그렇다 한들, 이 시기에 이르러서도 거래할 수 있는 상황이라고 생각하시는 겁니까?"

아르보가 자신만만한 미소를 지으며 물었다.

"할 수 있을 거야. 나에게는 아직 아직 이용 가치가 있을 테니까."

크리스티나도 당당함을 잃지 않았다.

"꽤나 본인의 가치를 높게 평가하시는군요."

"그런가? 넌 자신이라는 나무를 숲의 주인이라고 생각하고 있어. 다른 나무들은 모두 자신을 장식하는 장식품이나 양분 정도로만 여기지. 그래서 방해가 된다고 생각하면 가차없이 베어버려."

"……갑자기 무슨 얘기죠?"

"나라는 나무가 방해되는 거 아닌가?"

"큭……."

속을 간파한 듯한 크리스티나의 말이 마음에 들지 않는지, 아르보 공작은 이마에 혈관을 드러내며 분노했다.

"하지만 쉽게 베어버릴 수는 없겠지. 넌 남의 평가를 신경 쓰는 소인배니까, 왕족을 죽였다는 오명은 쓰고 싶지 않을 거야. 그렇게까지 하면 역사에 악명이 남을 것이고, 네가 꾸미고 있는 하극상의 대의명분도 잃어버리지 않겠나."

크리스티나가 앞을 더 내다본 얼굴로 분석하자 아르보 공작은 갑자기 몸을 일으켰다. 그대로 맞은편의 소파에 다가오는가 싶더니 크리스티나의 뺨을 사정없이 손바닥으로 내리쳤다.

"윽……."

짝, 하는 마른 소리가 방에 울려 퍼졌다. 크리스티나의 얼굴이 기세 좋게 옆으로 돌아갔고, 연보라색의 긴 머리카락이 공중에 살짝 흩날렸다.

"아, 아버님……."

아무리 아무도 보지 않는다고는 하지만 폭력을 행사하는 것은 문제가 있지 않겠냐며, 옆에 있던 샤를도 흠칫 놀라 숨을 삼켰다.

"어지간히도 내가 눈에 거슬리는 모양이야."

크리스티나가 얼굴을 다시 앞으로 돌리며 도발적으로 비웃었다. 난생처음 얼굴에 뺨을 맞았음에도 위축된 기색은 조금도 없었다. 반대로 더욱 도발하는 말을 꺼냈다.

"어떻게 하면 나를 합법적으로 처리할 수 있을까, 계속 고민하고 있겠지? 암살은 하나의 방법이지만, 근위기사단의 책임을 추궁받을 위험이 있어. 기껏 네가 손을 써둔 조직인데, 그 일로 아버님께 인사를 조정할 구실을 주는 것은 탐탁지 않겠지. 아버님이 독자적으로 움직일 수 있는 힘을 갖게 되면 곤란할 테니까."

"입 다물어!"

아르보 공작은 분노에 휩싸여 완전히 머리에 피가 쏠렸는지, 크리스티나의 어깨를 잡고 거칠게 소파에 내리눌렀다.

"윽……."

크리스티나의 눈동자가 공포로 잠시 흔들렸다. 하지만 결코 표정에는 내비치지 않고 아르보 공작을 정면으로 응시했다.

"아, 아버님!"

"너는 가만히 있어!"

샤를이 황급히 제지하려 했지만, 아르보 공작이 엄하게 호통치며 맞받아치는 소리에 숨을 삼키며 그대로 굳어버렸다.

"뭘 하려는 거지?"

크리스티나가 싸늘한 얼굴로 물었다.

"왕가라는 신분 말고는 가진 것도 없는 주제에. 본인의 목숨을 협상 재료로 쓸 셈이냐? 누가 네 목숨줄을 쥐고 있다고 생각하지?"

"내 목숨줄은 내가 쥐고 있지. 지금까지도, 앞으로도."

"착각하지 마라. 죽이지 않고 대를 잇는 도구로 써먹을 수도 있어. 속은 어쨌든 외양은 이만하면 더할 나위 없이 아름다우니까."

"그럴 순 없을 거야."

아르보 공작이 추잡한 눈빛으로 겁박했지만, 크리스티나는 단호하게 일축했다.

"왜 그렇게 생각하지?"

"적절하게 결혼시킬 상대가 없으니까. 왕실의 권위가 강해지는 건 곤란할 테니 용사 루이와 결합하는 것만은 반드시 피하고 싶겠지. 왕성한 샤를은 이미 많은 부인을 거느리고 있으니 명분이 없을 테고."

"……그럼 첩으로 삼아줄까?"

"설마 네놈이 내 상대를 하겠다고 할 셈인가?"

크리스티나가 조롱하듯 코웃음을 쳤다.

"처녀 수제에 건방떨긴."

정말 이대로 손을 대버릴까? 라며 크리스티나의 어깨를 움켜쥔 아르보 공작의 손에 힘이 실렸다.

"시시하군. 태어날 때부터 좋아하지도 않는 남자와 인연을 맺어야 하는 의무를 부여받고 살았다. 처녀라서 뭐가 문제라는 거지?"

"윽……!"

크리스티나의 의연한 태도에 눌린 것인지 아르보 공작의 손에서 힘이 빠져나갔다.

"드레스를 찢을 거라면, 나중에 어떻게 해명할지 잘 생각하고 하도록 해."

크리스티나가 눈썹 하나 까딱하지 않고 무표정한 얼굴로 말했다.

"칫……."

아르보 공작은 독기가 빠진 얼굴로 혀를 차더니 본래 자신이 앉았던 소파로 돌아와 걸터앉았다.

"……."

크리스티나는 몸을 일으키고는 아무 일도 없었던 것처럼 다시 앉았다. 그 담력에 경악했는지 샤를은 완전히 기가 질린 얼굴이었다. 격이 차원이 달랐다.

'겁을 주고 복종시키면 다루기 쉬울 거라고 생각했지만, 큰 오산이었다. 이 여자, 보통이 아니야. 정말 본인의 목숨까지 협상 재료로 내놓을 생각이다. 목숨을 구걸할 생각이 없어.'

단순히 허세를 부리는 줄로만 알았는데, 말도 안 되는 거물이었다. 이 상황에서 여전히 자신에게 어드밴티지가 있는 부분이 어디인지 파악하고 각오를 끝내고 있었다.

'무시무시한 여자군. 여기서 20년…… 아니, 10년이라도 빨리 태어났으면 어떻게 됐을지.'

아르보 공작은 크리스티나에 대한 평가를 고치고 혀를 내둘렀다.

'……아깝군.'

그래서일까, 욕심도 생겼다. 이 정도의 능력과 담력을 갖춘 여자는 벨트람 왕국 어디에서도 찾아보기 어려울 것이다. 아니, 슈트랄 지방을 다 뒤진다 해도 찾을 수 없을지도 모른다. 게다가 왕족이라는 신분과 경국의 미녀라고 평할 만한 가련한 외모까지 겸비했다. 최고의 여자였다.

절벽 위의 꽃을 손에 넣고 싶다는, 남자로서의 본능이 아르보 공작을 자극했다. 마음껏 탐하고 굴복시키고 싶다는 왜곡된 지배욕이 소용돌이쳤다. 상식적으로 말도 안 된다는 생각에 애초에 후보에도 넣지 않았지만, 정말 첩으로 삼는 것도 가능하지 않을까 하는 생각이 이성을 흔들었다.

"훗, 대단한 공주님이로군."

설마 나이 예순을 넘어 이런 마음을 품게 될 줄은 몰랐다며, 아르보 공작은 자조 섞인 웃음을 내비쳤다.

'하지만 너무 위험하다. 이 여자는 독부다. 길들일 수 없어. 살려 두면 반드시 발목을 잡고 말 거다.'

역시나, 라고 해야 할까. 아르보 공작은 한때의 감정과 자신의 야망을 저울질한 뒤 냉정하게 결단을 내렸다.

"조금은 냉정해졌나?"

크리스티나가 차분한 목소리로 물었다.

"네, 각오가 부족했던 건 저였던 모양이군요. 대등하게 교섭을 하고 싶습니다. 우선은 대가로 그쪽이 무엇을 내놓을 수 있는지 더 정확히 물어봐도 되겠습니까?"

아르보 공작은 야심을 숨기지 않고 미소 지었다. 이야기의 흐름상 대가를 확인할 필요는 없었지만, 크리스티나의 입에서 직접 말하게 하는 것이 중요했다.

"내 목을 벨 대의명분이야."

이어서, 크리스티나는 결연히 말했다.

순간 아르보 공작의 입꼬리가 씨익 하고 크게 비틀렸다.

"좋습니다. 그것을 대가로 제게 뭘 바라시죠?"

"지금 당장 뭔가를 해달라는 것은 아니야. 다만 준수해 줬으면 하는 조건이 크게 두 가지 있어. 그것을 밀서로 인정해 줘."

"들어보지요."

"우선 앞으로 레스토라시온에서 투항자나 포로가 나올

경우, 본인이 원한다면 신속하게 본국 정부로 복귀시킬 것. 레스토라시온에 소속되어 있었다는 이유만으로 책임을 묻거나 불이익을 주지 않겠다고 맹세해 주었으면 해."

"반역자들에게 자비를 베풀라는 겁니까?"

"위정자로서의 도량 문제지. 네가 아까 하던 말과 같은 맥락이지 않나?"

"그렇군요."

한 방 먹었다는 얼굴로 어깨를 으쓱하는 아르보 공작.

"애초에 넌 저항하는 자에 대한 처사가 지나치게 가혹해. 반면 나서서 아첨하는 자들에 대해서는 지나치게 호의적인 면이 있지. 그로 인해 파벌을 키울 수 있었던 것만은 분명하지만, 파벌 싸움을 일으켜서 적도 너무 많이 만들어 버렸어. 레스토라시온이라는 조직이 생겨버린 이유라고도 할 수 있고."

"……협상이 아니라 설교처럼 들리는 건 기분 탓입니까?"

"조언을 하고 있는 거다. 유언이라고 생각해도 돼. 그것을 늘 유념하며 행동해 달라는 것이 첫 번째 조건 중 하나야. 넌 들을 의무가 있다고 생각하는데?"

"……그렇지요."

아르보 공작은 씁쓸한 미소를 지으면서도 순순히 고개를 끄덕였다. 신기하게도 분노의 기색이 사라진 것은 크리스티나를 인정했기 때문일까.

"모든 것은 네 야망을 위해 수단을 가릴 수 없었던 탓이겠지. 하지만 지금의 넌 이미 왕에 준하는 권력을 손에 쥐고 있어. 그런 인물이 상대를 철저히 짓밟는 방식을 계속 유지한다면 상대 역시 총력 항쟁을 하는 것 말고는 선택지가 없어진다. 그런 식으로 국내의 내부 분쟁이 길어지면 그만큼 국력도 계속 저하되겠지."

"……."

"유그노가 군에 항복하고 내 제거까지 완료되면 네 야망은 마침내 현실이 될 거야. 하지만 내부 분쟁이라는 수법만으로는 나라의 미래는 그릴 수 없어. 네가 다음에 해야 할 일은 내부 분쟁을 계속하는 것이 아니라, 나라를 한데 모으는 것이니까."

"……내부 분쟁을 끝낸 이후의 일을 생각해야 한다는 말입니까?"

"그래. 나라를 쇠퇴하게 하여 멸망시키려는 것이 목적이라면 몰라도, 적과 아군을 가르는 방식이 언제까지고 먹힐 거라고 생각하지 않는 게 좋을 거야. 파벌이 바뀌면 입장이 바뀌듯 왕과 가신도 입장이 다르지. 왕이 생각해야 할 것은 특정 파벌의 미래가 아니야. 나라와 백성 전체의 미래지. 본인의 이익에만 눈이 먼 소인배에게 왕의 자격은 없어."

"훗, 하하하. 정말 모든 것을 꿰뚫어 보신 것처럼 말씀하시는군요. 도대체 어디까지 내다보고 그 자리에 앉아 계신 건지…… 이제는 무서워지려고 합니다."

아르보 공작은 유쾌하지만 어딘가 공허한 듯한 메마른 웃음을 흘렸다. 그리고 탐색하듯 크리스티나를 바라보았다.

"내가 보고 있는 것은 나라의 미래다. 나라의 미래를 위해 내가 할 수 있는 최선이 무엇인지를 언제나 생각하고 있지. 그뿐이야."

크리스티나는 조금의 망설임 없이 결연하게 답했다.

"그렇군요……."

"그러니 레스토라시온에 소속된 사람들의 처우를 다시 생각하라는 조언을 지금도 너에게 하고 있는 거야. 능력이 없는 사람까지 우대하라고는 하지 않아. 하지만 레스토라시온에 소속된 사람들 중에는 뛰어난 인재도 많지. 그런 자들에게는 벌을 주는 것이 아니라 기회를 줬으면 해. 나라를 발전시키기 위해 어떤 체제가 필요하고 어떻게 전체를 통합할지, 잘 생각해 보기를 바라. 그것이 내가 원하는 첫 번째 조건의 큰 틀이야."

지킬 수 있을까?

크리스티나는 아르보 공작을 똑바로 응시했다.

"그렇게 쉬운 이야기는 아닌 것 같습니다만……. 그렇다 해도, 명심하도록 하지요. 관대한 처우를 늘 유념하도록 하겠습니다. 앞으로는 쓸데없이 레스토라시온을 몰아붙이는 짓도 자제해야겠군요."

아르보 공작은 조금 못마땅한 얼굴로 시선을 돌리면서도 느리게 고개를 끄덕였다.

“그럼 됐어.”

“그래서, 두 번째 조건은?”

“……그 전에, 내 목을 벨 대의명분을 어떻게 만들지 먼저 확인해 두지. 그것에 따라 이 협상은 깨실 수도 있으니까.”

“확실히 그렇군요. 어떤 계책이 있는지 여쭤봐도 되겠습니까?”

“내가 대관식 취소를 선언한 뒤 10년 안에 즉위를 재선언한다면. 협정을 위반했을 경우의 처벌은 기억하고 있겠지?”

——목을 걸지. 10년 안에 조건을 어기고 즉위를 다시 선언하는 일이 있으면 내 목숨을 걸겠다.

다른 누구도 아닌, 크리스티나가 앞선 대담에서 자신의 입으로 선언한 내용이었다.

“설마…….”

아르보 공작의 얼굴색이 단숨에 바뀌었다.

“이해한 모양이군.”

“……설마 대담 시점에서 여기까지 내다보고 계셨던 것은 아니겠지요?”

“그럴 리가 없잖아. 이 자리에서 떠오른 것뿐이야. 오히려 너야말로 그 협정의 내용을 이용할 생각을 하고 있던 게 아닌가?”

크리스티나는 담백하게 부인했다. 그러나 그 말을 곧이곧대로 받아들일 수 없는지 아르보 공작은 숨을 들이켰다. 그 눈동자에는 경악을 넘어 이제는 경외심마저 엿보였다.

“두 번째 조건을 말하지. 그것을 맹세할 수 있다면 **나에게 레갈리아를 넘기도록 해.**”

그런 그의 모습에도 개의치 않고, 크리스티나는 태연하게 협상을 이어갔다.

다음 날 정오 무렵.

크리스티나가 탄 마도선이 벨트람 왕국 왕도의 호수에 있는 군항에 도착했다. 하지만 하선 준비가 끝나기도 전에 소동이 벌어졌다.

“윽!”

선실에 감금되어 있어야 할 크리스티나가 복도에서 갑판으로 뛰어나온 것이다. 어찌된 영문인지 마봉의 족쇄도 풀려 있었다. 뒤늦게 샤를이 몇 명의 기사들을 데리고 급히 통로에서 나타났다.

“잡아라! **크리스티나 왕녀가 레갈리아를 훔쳤다**!”

갑판에 고함 소리가 울려 퍼졌다.

“?!”

갑판 위에 있는 기사나 선원들이 즉시 이변을 감지했다.

“큭…….”

크리스티나는 배에서 내리기 위해 현문 쪽으로 달려갔지만, 아직 트랩이 설치되지 않은 것을 보고 잠깐 속도를 줄였다. 하지만 기사들이 바로 뒤까지 다가온 상태였다.

"!"

그것을 본 크리스티나는 과감하게 배에서 뛰어내렸다.

"무슨……?!"

궁지에 몰린 상황이라고는 하나, 왕녀답지 않은 대담한 행동에 갑판 위에 있던 사람들은 그대로 얼어붙었다.

"그, 그런 말은 못 들었어! 아니, 그게 아니라……."

샤를이 저도 모르게 소리쳤고, 곧 후회하는 표정을 지었다. 하지만 상황이 상황인지라 그 말의 의미를 눈치챈 사람은 없었다.

"윽……."

나름대로 거리와 높이가 있었기에 구르듯이 땅에 떨어진 크리스티나. 하지만 그럼에도 도주하기 위해 필사적으로 몸을 일으켰다.

"……."

배 밖으로는 마중 나온 기사들이 있었지만, 신분이 높아 보이는 여성이 갑자기 배에서 뛰어내리는 것을 보고 다들 넋이 나가 있었다.

"뭐 하는 거냐?! 잡아라! 탈주한 크리스티나 왕녀다!"

그러자 아르보 공작이 갑판에서 몸을 내밀어 항구에 있는 기사들에게 명령했다.

"윽!"

기사들은 뒤늦게 정신을 차리고 크리스티나에게 달려들

었다.

"무례하다! 멈춰라!"

크리스티나가 소리쳤다.

"……크!"

기사들은 잠시 주춤했지만, 아랑곳하지 않고 크리스티나에게 다가갔다.

"《포톤 배럿》."

크리스티나는 다가오는 기사들을 향해 저격했다.

"으억?!"

"힉?!"

몇몇 기사에게 공격이 직격했고, 그 밖에도 유탄이 항구의 건물이나 화물 상자에 명중하며 굉음을 울렸다. 총에 맞지 않은 기사들도 겁에 질려 걸음을 멈췄고, 항구에서 일하는 비전투원인 인부들은 공포에 떨며 비명을 질렀다.

"들어라! 나는 벨트람 왕국의 제1 왕녀 크리스티나다!"

그 틈을 노려, 크리스티나는 모두가 들을 수 있을 정도로 목소리를 높였다.

"지금 이 순간 벨트람 왕국의 왕으로 즉위할 것을 여기에 있는 레갈리아를 증거로 선언한다!"

그리고 그 자리에 있는 모두를 증인으로 삼듯이 당당하게 소리친다.

"나는 여왕이다!"

이리하여 크리스티나의 재즉위가 완료되었다.

"……대단한 여자로군."

광대 같은 왕이 탄생한 순간을, 아르보 공작은 말을 잇지 못한 채 눈에 똑똑히 새겼다.

몇십 분 뒤.

벨트람 왕성에서는 긴급 알현이 열렸다.

단상의 옥좌에는 국왕 필립 벨트람이 앉아 있었고, 왕비 베아트릭스가 옆에 자리하고 있었다. 알현실 좌우에는 참관하는 귀족들이 자리를 채웠다.

알현 상대인 크리스티나는 마봉의 족쇄로 두 손이 구속된 상태로 알현실 중앙에 서 있었고, 조금도 위축된 기색 없이 냉담한 얼굴을 하고 있었다.

항구에서 무슨 일이 일어났는지, 현장에 있던 아르보 공작이 보고했다.

"……이게 무슨 소리지?"

그 말을 도저히 이해할 수 없는 것인지, 혹은 믿을 수 없는 것인지, 국왕 필립이 어이없다는 얼굴로 의문을 밝혔다.

"보고드린 바와 같습니다. 크리스티나 님이 항구에서 탈주를 시도하고 레갈리아를 사용해 즉위를 선언하는 소동을 일으키셨습니다. 그것도 모자라 현장에서 일하고 있던 평민 인부들을 인질로 잡는 비인도적인 행동까지…… 다행히 사망자는 나오지 않았지만, 기사 몇 명이 부상을 입었고 물적 피해도 발생했습니다."

아르보 공작은 담담하게 보고를 요약했다.

"그럴 리가……."

왕비 베아트릭스는 너무 큰 충격을 받은 나머지 어지러운 듯 머리를 짚었다.

"……사실이냐, 크리스티나?"

"신변의 위험을 느꼈기 때문입니다."

필립 3세의 물음에도, 크리스티나는 태연한 얼굴로 대답했다.

"항구에는 많은 사람들이 있었습니다. 귀족, 평민 할 것 없이 말이지요. 그 전원이 증인입니다. 성안은 물론이고, 이미 거리 곳곳에서도 소문이 다 퍼졌을 겁니다. 나라를 버린 골칫덩이인 제1 왕녀가 귀국하자마자 소란을 일으켰다고 말이죠."

"윽……."

이를 악무는 필립. 왕가에 관한 나쁜 소문을 평소 거리에 퍼뜨리며 조작하고 있는 것은 다름 아닌 아르보 공작이었지만, 그 증거는 없었다.

"거짓말이라고 말해 주렴, 크리스티나……."

베아트릭스가 간청하듯 물었다.

"……."

하지만 크리스티나는 눈썹 하나 까딱하지 않은 채 침묵

을 지켰다.

“문제는 복잡합니다. 크리스티나 님은 지난 협정에서 재즉위를 하지 않겠다는 맹세를 선언하셨습니다. 그것을 어겼을 경우에는 자신의 목숨을 걸겠다는 약속도 하셨고요.”

아르보 공작이 협정의 처벌에 대해 언급했다.

“기다려라, 뭔가 착오가 있는 거겠지. 딸이 그런 어리석은 짓을 했을 리가 없다. 뭔가 이유가 있을 거다.”

필립은 초조함을 참지 못하고 자리에서 일어서려 했다.

“물론 저도 그렇게 생각합니다. 하지만 그렇지 않아도 왕실에 대한 불만이 쌓여가고 있는 상황에서 이런 소동이 벌어졌으니…….”

왕실의 신뢰가 더욱 실추되는 것을 막기도 어렵고 옹호하기도 힘들다며, 아르보 공작이 탄식과 함께 고개를 저었다.

“게다가 포박 시에는 경고의 의미로 협정에 대해서도 언급했습니다. 사형 처벌을 받아도 상관없으신 겁니까, 하고 말이죠. 사람의 입은 쉽게 단속할 수 없는 법입니다. 만일 협정을 어긴 크리스티나 님을 결정대로 사형시켜야 한다는 여론이 일어나기라도 하면, 그것을 옹호하려 든 순간 왕실에 대한 불만이 폭발하는 자들이 나타날지도 모릅니다.”

아르보 공작은 자신이 유도하고 싶은 결론을 향해 교묘하게 이야기를 좁혀나갔다.

‘……억지로군. 수상한 점도 너무 많다. 게다가 크리스티나의 저 모습, 아르보와 어떤 거래가 있었다고 봐야 하는

것인가……. 능구렁이 같은 남자이니 만에 하나라도 바뀔 가능성은 없겠지.'

필립은 감정을 억누르듯 아랫입술을 깨물었다. 아르보 공작 안에서 크리스티나를 사형시킨다는 것은 이미 결정 사항이었다. 필립이 이 자리에서 아무리 반대 의견을 쏟아낸다 한들 의미가 없을 것이다. 이 알현은 결론이 정해진 무대였다.

"그래서 죽이자는 겁니까?! 크리스티나를?!"

한편, 베아트릭스는 인내심의 한계를 넘어섰는지 날카로운 목소리로 소리쳤다.

"죽이는 것이 아닙니다. 규칙에 따라 사형을 집행하자는 것입니다. 정말 유감스럽지만, 이렇게 된 이상 왕족이라 해도 특별 대우를 할 수는 없습니다. 왕국과 왕가를 위해 협정대로 책임을 지는 것이 도리라고, 재상으로서 말씀드리는 것입니다."

아르보 공작은 진심으로 안타깝다는 표정으로 크리스티나의 사형을 권고했다.

"대체 무슨……! 입을 열면 신뢰니 불만이니 떠들면서 아무것도 못 하게 하면서 책임만은 떠넘기려 하다니. 그렇다면 나를 죽여라! 내 배로 낳은 아이다! 내가 대신 죽겠다!"

"진정해, 베아트릭스."

베아트릭스가 맹렬한 기세로 분노했지만, 필립이 옆에서 제지했다.

"폐하……!"

"크리스티나. 이것이 마지막이다. 변명할 말이 있느냐?"

"저는 잘못한 것이 아무것도 없습니다. 그것을 잘못이라고 하신다면, 부디 처형해 주십시오."

그런 아버지의 질문에도, 크리스티나는 완전히 각오를 마친 표정으로 결연하게 대답했다.

"그래……. 하지만 정식 판단은 3일 후로 하겠다. 궁정이나 백성들의 반응도 살펴볼 필요가 있을 테니까."

필립은 괴로운 표정으로 각오를 마쳤다. 그저 약간의 유예를 둔 것은, 딸이 조금이라도 더 오래 살아주기를 바라는 마음에서였을 것이다.

"……알겠습니다. 허나 소문이 퍼져서 소란이 확대된다면……."

"알고 있다."

"그럼 결정 이후 신속히 형을 집행할 수 있도록 준비해 두겠습니다."

쓸데없는 발악이라는 것처럼, 아르보 공작은 절차를 진행했다.

벨트람 왕성.

'……다음에 이 방에 돌아오는 것은, 아르보를 끌어내린

이후라고 생각했는데.'

크리스티나는 알현을 마치고 자신의 방으로 이동하게 되었다. 어린 시절부터 열여섯 중반이 될 때까지 지내왔던 방이었다. 실내에는 익숙한 가구가 놓여 있었고, 방을 떠나기 전과 달라진 모습은 없었다. 시중이라는 명목으로 감시하는 시녀들이 실내에 여러 명 머물고 있는 것도 성을 떠나기 전과 마찬가지였다.

유일하게 예전과 달라진 것이 있다면 크리스티나가 마봉의 족쇄를 차고 있다는 것뿐이었다. 일상생활을 하는 데 불편하다는 이유로 양손의 수갑은 풀었지만, 그 대신 같은 효과를 간직한 마도구를 목에 차게 되었다.

"……."

목에 무겁게 내려앉은 금속제의 족쇄가 거슬렸다. 크리스티나는 창밖을 바라보며 근심 섞인 얼굴로 한숨을 내쉬었다. 다만 어째서일까. 한숨의 이유가 명확하게 떠오르지 않았다.

'뭔가 중요한 걸 잊고 있는 기분이야…….'

그것이 무엇인지 생각나지 않아 공연히 답답했다.

'미련인 건가? 아니면 죽는 게 두려운 건가?'

크리스티나는 자신의 가슴에 손을 얹고 조용히 생각에 잠겼다. 하지만 아무리 생각해도 그럴듯한 이유는 떠오르지 않았다.

각오라면 이미 되었다. 나라의 미래와 플로라를 위해 내가 할 수 있는 최선은 무엇인가? 생각하고, 생각하고, 또 생각하고, 그렇게 내놓은 답이었다. 자신의 목숨을 이용해 상황을 바꾸는 것이 최선이라고 판단한 것이다. 새삼스럽게 이제 와서 생겨날 미련이 있을 리가 없고, 죽는 게 두려울 리도 없었다.

'……기분 탓이겠지.'

무언가를 얻으려면 대가가 필요하다. 크리스티나가 바칠 수 있는 최대의 대가는 이미 바쳤다. 그것으로 얻어낼 수 있는 이상적인 조건도 끌어낼 수 있었다.

'그러니 나에게는 더 이상 아무것도 남아 있지 않아.'

여한 같은 것은 아무것도 없다. 분명 그래야 하는데.

'어째서……?'

이렇게나 무언가를 원하고 있는 것일까? 어쩐지 사람의 온기가 그리웠다. 그렇다고 아무나 끌어안고 싶은 것이 아니었다. 하지만 특정한 누군가가 떠오르는 것도 아니었다. 크리스티나는 눈앞에 없는 그 누군가를 그리워하듯 허공에 손을 뻗었다.

'……나는, 누구의 품에 안기길 원하는 걸까?'

그러고는 답답한 얼굴로 주먹을 꽉 쥐었다.

사흘 뒤 오전.

아르보 공작은 벨트람 왕성에 있는 집무실에서 레스토라시온에서 돌아온 유그노 공작과 마주하고 있었다.

“그래서, 레스토라시온의 이후 정세는 파악했나?”

아르보 공작이 맞은편에 앉은 유그노 공작에게 물었다.

“저쪽에 남아 있는 사람들 말에 따르면 아직 큰 소란은 일어나지 않은 모양입니다. 혼란을 피하기 위해 상층부에서 정보를 막고 있는 모양이더군요. 예상했던 반응입니다.”

“그렇군.”

“탈환인지, 협상인지, 관망인지, 투항인지. 어쨌든 지금쯤이면 발등에 불이 떨어져서 대책을 강구하고 있을 겁니다. 답을 내는 데 얼마나 시간이 걸릴지는 모르지만, 혼란이 크면 클수록 답을 내는 데도 시간이 걸리겠죠.”

“……협상의 여지는 있다고 보나?”

아르보 공작이 질문했다.

“본국 정부가 레스토라시온과, 말입니까? 협상을 하게 된다면 크리스티나 님의 형 집행을 보류해야 합니다만…… 항구에서 난동을 부린 일에 대한 민중의 강한 분노를 이용한다면 되도록 빠른 편이 좋지 않겠습니까?”

유그노 공작은 눈을 동그랗게 뜨고 형의 집행을 연기하는 것의 단점을 열거했다. 애초에 자신의 야망을 이루기 위해 크리스티나의 제거를 원하는 것은 아르보 공작이었다. 귀족과 민중의 분노를 산 크리스티나의 처형을 공개적으로 거행해 왕실의 신뢰를 완전히 실추시키려는 음모를 꾸미고 있었다.

파벌에 속한 귀족들의 감정은 아르보 공작의 명령 하나로 얼마든지 조작할 수 있지만, 민중의 선동은 그렇게까지 쉽지 않았다. 이 기회를 놓치면 다음에는 언제 크리스티나의 죽음을 공개적으로 거행할 기회가 올지 알 수 없었다.

그러니 지금이 크리스티나의 목을 칠 천재일우의 기회였다. 그 기회를 놓쳐도 상관없다는 것은, 어떤 심정에 변화가 있었다고 봐야 할까?

"……역시 형의 집행은 서두르는 편이 낫겠군."

아르보 공작은 깊이 생각한 끝에 결론을 내렸다.

"그렇다면 빠르면 이틀 뒤에는 집행할 수 있을 겁니다. 남은 것은 형 집행을 민중에게 알리고, 도시의 대광장에 단두대를 설치하는 것뿐이니까요."

"시간이 없군. 그럼 집행 당일 가르아크 왕국 왕도에 도착할 수 있도록 마도선으로 바네사를 보낼 준비를 해 주게."

"……괜찮으시겠습니까?"

유그노 공작이 눈을 동그랗게 뜨며 물었다. 바네사는 크리스티나에게 충성을 맹세한 전속 호위기사였다. 아르보 공작 입장에서는 살려둘 이유가 없다고 본 것이다.

"상관없어. 크리스티나 왕녀의 유언을 전해야 하니까."

"……그렇군요. 그럼 바로 준비하겠습니다."

유언이라는 말이 신경 쓰였는지 잠시 입을 다문 유그노 공작. 하지만 그 내용을 깊이 캐묻지 않고 묵묵히 고개를 끄덕였다.

◇ ◇ ◇

이틀 뒤.

크리스티나의 처형 당일.

벨트람 왕성의 귀족거리로 이어지는 도시의 대광장에는 연극에서 써도 될 정도로 거대한 나무 처형대가 설치되었다. 크리스티나의 처형을 공개적으로 보여주기 위한 무대였다. 처형대 위에는 죄인의 목을 고정하기 위한 단두대가 설치되어 있었다.

또한 처형대 주위에는 많은 기사들이 대기한 채 흐트러짐 없는 정렬을 이루고 있었다. 조금 떨어진 처형대 뒤편과 좌우에는 참관하는 왕후 귀족이 자리를 지켰다. 국왕 필립의 모습도 있었지만, 딸이 죽는 모습은 보고 싶지 않았는지 왕비 베아트릭스의 모습은 없었다.

그리고 처형대 앞쪽에 펼쳐진 대광장에는 군중이 모여 있었다. 수천 명은 거뜬히 수용할 만한 공간에 사람들이 빼곡하게 모여 있었다. 모두 크리스티나의 처형을 보러 온 것이었다. 큰길에 몰려 있는 자들까지 더하면 관중의 수는 만을 거뜬히 넘었다. 그때였다.

"왔다!"

백성들이 술렁거렸다. 처형 집행인과 몇몇 기사들에게

이끌려 크리스티나가 처형대 뒤 계단에서 모습을 드러냈기 때문이었다.

"……."

크리스티나는 두 손을 뒤로 돌린 상태에서 마봉의 족쇄를 차고 맨발로 걸어갔다. 마치 본보기처럼, 닳아빠진 낡은 원피스를 입고 있었다. 소매 길이도 짧고 흰 어깨도 드러나 있었다.

"멈춰라."

처형 집행인의 명령을 받고 단두대 옆에서 멈춰서는 크리스티나. 도망치지 못하도록 양다리에 쇠사슬을 감아 대좌에 고정되는 와중에도 당당한 태도로 받아들였다.

"죽여라!"

"여길 보라고!"

"나라를 버리고 이제 와서 왕도로 돌아온 거냐!"

"백성을 인질로 잡다니!"

"네가 왕이라는 건 아무도 인정 못해!"

"죽여라!"

대광장에 노성이 울려 퍼졌다. 백성을 지켜야 할 왕족이 항구에서 평민을 인질로 잡은 사건에 대한 인상이 그만큼 나쁘다는 점도 있었지만, 특권 계급에 대해 평소 쌓였던 원망과 불만을 이 기회에 쏟아내는 자가 적지 않은 것도 분명했다.

평소 같으면 결코 입에 담지 못할 특권 계급을 향한 분노의 목소리를 쏟아낼 수 있다는 쾌감 때문인지, 환희에 가까운 감정마저 엿보였다.

어쨌든, 이 자리에 모인 민중은 너나 할 것 없이 특권 계급의 상징인 왕족의 죽음을 바라고 있었다. 자신들의 외침은 정당하며, 이제부터 정의가 집행되는 것이라고 아무런 의심 없이 굳게 믿고 있었다.

이윽고 크리스티나의 구속이 완료되고 처형 집행인과 기사들이 좌우로 물러서자 군중 속에서 몇 개의 돌멩이가 날아왔다. 그중 하나가 크리스티나의 어깨에 직격했다.

"윽……."

크리스티나가 아픔을 참으며 작게 신음했다.

"멈춰라!"

자신들도 맞을 수 있었기에 처형대에 서 있던 기사 중 한 명이 호통을 쳤다. 위협 차원에서 포톤 배럿을 쏘며 위협하자 돌은 더 이상 날아오지 않았다.

그때 단두대 위로 새로운 인물이 나타났다. 아르보 공작이었다. 그는 여유 있게 단두대 위로 걸어와 중심에 멈춰 섰다.

"지금부터 제1 왕녀 크리스티나 벨트람의 처형을 집행한다."

아르보 공작은 손을 들어 민중을 향해 드높게 선언했다.

"오오오오!"

민중의 외침이 울려 퍼졌다.

"크리스티나 벨트람! 네놈은 국보 레갈리아를 가져가 즉위를 선언하고 왕국을 분열시켰다. 더구나 재즉위 선언을 하지 않겠다는 협정을 어기고 도주를 꾀하며 자신의 몸을 사리기 위해 지켜야 할 백성을 인질로 잡았다. 아무리 제1왕녀라 해도 용서할 수 없는 반역 행위다. 따라서 국가 반역죄로 처형한다!"

아르보 공작이 크리스티나의 죄상을 외쳤다.

"뭔가 남길 말이 있나?"

그리고 이어서 물었다.

"……."

크리스티나는 아무 말도 하지 않고 그저 고개만 저었다.

"웃기지 마!"

"아직도 본인이 왕족인 줄 아는 거냐!"

"사과해라!"

그 태도가 마음에 들지 않았던 것일까, 민중의 노호가 더 커졌다.

"시작해라."

아르보 공작이 턱을 까딱하자, 처형 집행인이 크리스티나의 뒤통수를 잡아 밀더니 거칠게 앞으로 엎드리게 했다.

"읏……?!"

그대로 단두대의 구멍에 크리스티나의 머리를 밀어넣고, 움직일 수 없도록 기구를 이용해 받침대에 단단히 고정했다.

'……이것이 마지막 광경인가.'

크리스티나는 목재로 만들어진 단두대 바닥을 응시했다. 인생의 마지막으로 보는 광경치고는 너무나도 허무한 광경이었다. 하지만 목과 자세가 고정되어 있었기에 다른 것은 아무것도 볼 수 없었다.

"빨리 죽여!"

"죽여라!"

"이 악녀!"

그런 상황에서, 크리스티나는 자신의 죽음을 바라는 자들의 목소리를 계속해서 들었다.

'멋대로 떠들어대는군……. 아니, 자업자득인가.'

그들은 아무것도 모른 채 선동당하고 있을 뿐이었다. 게다가 왕후 귀족에 대한 불만이 쌓여 있었다면 그 책임의 일단은 왕족으로 태어난 자신에게도 있었다. 크리스티나는 입가에 씁쓸한 조소를 띄우며 욕설을 달게 받아들이기로 했다.

이윽고 칼집에서 검을 뽑는 소리가 들려왔다. 참수를 위해 이용하는 사형 집행검. 그것을 처형 집행인이 뽑은 것이다.

'드디어 끝인가.'

자신의 목숨은 길어야 몇십 초. 크리스티나는 불길한 두근거림을 느꼈다.

'……떨리고 있나.'

자신의 몸이 조금씩 떨리고 있다는 것도 깨달았다.

'그래, 무서운 건가, 나는…….'

당연하다. 아무리 각오를 했다 한들, 언제 검이 떨어질지 모르는 상황에 두렵지 않을 리가 없었다.

하지만 그 순간은 야속하게도 찾아왔다.

무한처럼 길고도 짧은 시간이 흐르고.

"……."

철컹, 금속과 금속이 부딪히는 묵직한 소리가 울려 퍼졌다.

"……?"

크리스티나가 움찔 몸을 떨었다. 상황을 확인하려고 해도 받침대에 목이 고정되어 있는 탓에 고개를 돌릴 수 없었다.

"이게 대체……."

당황하는 처형인이나 아르보 공작의 목소리가 들려왔다. 백성들도 크게 술렁이고 있었다. 무언가 예기치 못한 사태가 벌어졌다는 것만은 분명했다.

"다행이다!"

크리스티나의 귀에 젊은 청년의 목소리가 들려왔다.

"윽……!"

그 순간, 마치 누군가가 심장을 움켜쥐고 직접 흔드는 것처럼 크리스티나의 마음이 격렬하게 요동쳤다.

어째서? 모두가 자신의 죽음을 바라고 있는 상황에서,

구하러 와 줄 만한 사람은 아무도 떠오르지 않는데…….

그 목소리의 주인을, 크리스티나는 잘 알고 있는 기분이 들었다.

하지만 절대 오면 안 되는 사람이라는 생각도 들었다. 오면 곤란해지는 사람이었다.

그래서, 자신이 완수하려고 한 일을 절대 들키지 않도록, 철저히 손을 써두었다고 생각했는데…….

와버렸다.

안 좋은 일이었다.

곤란한 상황이 되어 버렸다.

"늦지 않았어……."

그럼에도, 목소리의 주인은 진심으로 안도하고 있었다. 모두가 그녀의 죽음을 원하는 상황에서, 오직 그만은 그녀가 살기를 바라고 있었다.

"……."

그것이 기뻐서, 크리스티나는 처형대의 마른 나무 바닥에 눈물을 뚝뚝 떨어뜨렸다.

【막간】 ❖ 유언

준남작위를 수여받은 후.

"그대는 아르보의 군에 항복하도록 해."

나는 유그노에게 배신을 명령했다.

"……뭐라고요?"

이제 막 준남작이 된 유그노는 놀란 얼굴로 눈을 동그랗게 떴다.

"교섭 제안 하나쯤은 들어왔겠지?"

"아, 네, 뭐……. 하지만 당연히 거절했습니다."

유그노는 난처해하면서도 단호하게 대답했다.

"그럼 지금이라도 배신하겠다고 전해라."

"자, 잠시만요. 대체 무슨 말씀을 하시는 겁니까?"

"레스토라시온이라는 조직과 나라의 미래에 관한 이야기를 하고 있지."

"그게 왜 제가 배신한다는 이야기로 이어지는 겁니까?"

유그노가 혼란스러워하는 것도 무리는 아니었다.

그래서 순서대로 차근차근 설명하기로 했다.

"이대로라면 레스토라시온이라는 조직의 존속은 위태로워. 당장 기사회생의 수단을 쓰지 않으면 조직은 머지않아 붕괴되겠지. 그 점에 대해서는 나도 전적으로 동의해. 그대는 아마카와 경에게 의지하는 것이야말로 그 수단이라고 주장했지만, 내가 생각하는 기사회생의 수는 따로 있어.”

“……그것이 제 배신이라는 겁니까?”

“필요한 포석 중 하나이긴 하지. 진짜 기사회생의 수는 따로 있어. 다만 그것을 말하기 전에, 아르보가 무엇을 가장 거슬려 하는지 정리해 볼까. 그건 바로 제1 왕녀인 내가 레갈리아를 소지한 채 즉위를 선언했다는 사실이야. 끌어내려야 하는 왕이 늘어나는 것을 두려워하고 있는 거지.”

아르보의 야망은 현 왕가를 끌어내리고 아르보 공작가를 왕가로 만드는 것이었다. 그러니 국왕이 늘어나는 일은 눈에 거슬릴 수밖에 없었다.

“그렇다면, 그 골칫거리만 제거해 줄 수 있다면, 아르보에게 일정한 조건을 끌어낼 수도 있지 않을까?”

“……레갈리아의 반환을 협상 카드로 쓰자는 겁니까?”

“그것뿐만이 아니야. 내가 즉위를 선언한 지금, 아르보는 내가 왕위에 오르는 것을 어떻게든 막고 싶어 안달이나 있을 거야. 그러니까 즉위 철회도 협상 재료가 되겠지. 재즉위 금지도 함께 제시한다면 매력적인 조건으로 받아들여질지도 몰라.”

“……하지만 크리스티나 님의 즉위에 관해서는 대관식 자리에서 투표를 발의해 취소하면 된다고 생각하고 있지는 않을까요? 실제로 아르보를 따르는 본국의 귀족들을 총동원해서 투표를 한다면 반대에 필요한 표를 확보할 수 있을 겁니다.”

협상의 재료가 될 수 없을 것이라며, 유그노가 떨떠름한 얼굴로 말했다.

"나도 그렇게 생각했어. 하지만 투표에 관한 왕실 규범의 문헌을 읽어보다가 오래된 규칙을 발견했지. 투표하는 방법에 관한 것인데……."

나는 비밀 투표에 대해 설명했다.

"……그렇군요. 확실히 투표의 비밀이 보장된다면 속으로는 아르보를 달갑게 여기지 않는 귀족들은 크리스티나 님의 즉위에 찬성할 가능성이 있겠군요. 그렇게 되면 크리스티나 님이 즉위할 가능성이 생길 테고요. 여전히 상황은 불리하고, 투표 체계를 어떻게 세우느냐 하는 문제로 상당히 부딪칠 것 같습니다만……."

"부딪치면 그게 오히려 장점이 될 거야. 부딪치면 부딪칠수록 시간은 더 늘어질 거고, 양쪽이 납득할 만한 체제가 마련되지 않으면 투표 결과를 받아들일 이유가 없다며 버틸 구실이 생길 테니까."

"그렇죠. 그렇다면 크리스티나 님의 자발적인 즉위 철회와 재즉위 금지는 협상 재료가 될 것 같습니다. 다만……."

"문제는 시간 벌기가 오히려 단점이 될 수도 있다는 거겠지? 언제 조직을 이탈하는 자가 나타나도 이상하지 않은 상황에서 느긋하게 교섭을 하고 있을 여유는 없으니까. 지금의 우리는 가능한 한 빨리 태세를 재정비해야 해."

그래, 지금 우리에게는 대관식 날을 느긋하게 기다리며

투표로 즉위를 다투는 시간조차 아까웠다.

"……네."

"그러니 차라리 즉위 철회를 미끼로 해서 협상에 유리한 조건을 끌어내는 쪽이 낫다고 판단한 거야. 우리가 무슨 생각을 하고 있는지, 아르보에게 얼마나 큰 골칫거리가 될 수 있는지를 미리 설명할 수 있으면 일이 더 빨라지지 않을까?"

"……그래서 저보고 배신을 하라고 하신 거군요."

"다행히도 넌 지금 막 작위가 사라진 상태라 배신할 명분도 갖고 있잖아."

"……거기까지 계산하고 계셨다니 무섭군요. 언제부터 이런 계획을 꾸미고 계셨던 겁니까?"

유그노가 괴물이라도 보는 듯한 눈빛으로 나를 바라보았지만, 대수롭지 않게 넘겼다.

"그대에게서 작위를 빼앗기로 결심했을 때야. 레스토라시온에는 큰 타격이지만, 그걸 역으로 이용할 수 있겠다고 판단했지. 아마카와 경을 의지하는 것 이외의 선택지에도 눈을 돌렸더라면 그대도 충분히 생각해낼 수 있었을 거야."

"……궁지에 몰리면 시야가 좁아진다, 라는 말입니까. 귀가 따갑군요."

유그노는 보기 드물게 민망한 얼굴로 헛기침을 했다.

"내가 아르보와의 협상으로 끌어내고 싶은 조건은 세 가지야. 빼앗긴 로던 후작령의 반환, 일정 기간에 걸친 재침

공 금지, 포로의 반환."

"확실히, 그만한 조건을 끌어낸다면 조직을 살릴 수도 있을 겁니다. 당분간은 힘을 비축하는 데 전념할 수 있겠지요. 잃는 것도 크겠지만……."

"그렇지. 그러니까 역시 그대가 배신을 해야 할 필요가 있어. 레갈리아를 반환하고, 내 재즉위도 금지된다면 레스토라시온의 힘만으로 나라의 미래를 바꾸기는 어려워져. 그러니 **안과 밖 양쪽에서 바꿔가야겠지**."

그렇다면 레갈리아를 잃더라도 나라의 미래를 바꿀 수 있는 가능성이 생길 것이다.

"험난한 길이겠군요……."

"그중에서도 그대의 길이 가장 힘들겠지. 주위에서는 배신자로 낙인 찍힐 테고, 무엇보다 아르보는 의심이 많은 남자니까, 잃어버린 작위를 되찾고 싶다는 동기만으로는 최소한의 신용도 얻을 수 없을지도 몰라. 하지만, 그럼에도 그대는 본국 정부 안에서 어느 정도의 지위까지는 올라가야 해."

"영혼을 팔아넘긴 인간 정도로 보이지 않으면 출세는 어렵겠군요."

"잘 아네. 하지만 아직 부족해. 뭔가를 얻으려면 대가가 필요한 법."

"……이미 말씀드린 대로입니다. 제가 드릴 수 있는 것이 있다면 뭐든 드리겠습니다."

"어떠한 대가도 지불하겠다. 정말 그만한 각오가 되어 있는 거겠지?"

"네."

망설이지 않고 고개를 끄덕이는 유그노의 눈동사에는 분명한 결의가 깃들어 있었다.

하지만 아직 부족했다.

약간의 각오만으로는 이 역할을 맡길 수 없었다.

그러니 각오를 가늠해 볼 필요가 있었다.

"그렇다면 그 각오를 보여줄 수 있을 만큼의 선물을 내어주지."

"……대체 무엇을?"

"레갈리아와, 내 목이다."

윗사람이 먼저 각오를 보이지 않으면 아랫사람은 따라오지 않는다. 그래서 내 각오부터 보여주기로 했다.

"……!"

유그노의 얼굴이 눈에 띄게 굳었다.

"이 정도의 선물을 챙겨가면 의심많은 아르보라 해도 납득하지 않을까? 본국 정부 안에서 그에 상응하는 자리도 준비해 줄 수 있을지도 모르지. 잃어버린 공작위도 되찾을 수 있을 거야."

"……저를 시험하시는 겁니까?"

"당연하지. 아무에게나 맡길 수 있는 역할이 아니니까. 레스토라시온 안에서는 그대밖에 없다고 판단했어."

"……."

지금 이 순간 유그노가 무슨 생각을 하고 있는지는 알 수 없었지만, 그의 몸이 떨리고 있는 것은 알 수 있었다. 나는 그런 그를 물끄러미 바라보며 말을 이었다.

"하지만 어설픈 각오라면 맡길 수 없어. 그래서 확인해 보고 싶어. 왕국을 위해 어디까지 할 수 있을지. 그대의 각오를 말이야."

배신의 대가로 왕족의 목숨을 바친다는 가신의 업을 짊어질 수 있을까?

나는 묻고 있었다.

"……하지만 만약 제가 배신한다고 해도 아무런 성과를 거두지 못한다면……."

"구스타브 유그노라는 남자와 유그노 공작가의 이름은 불명예의 상징으로 왕국사에 길이 남게 되겠지."

"! 그런 말이 아닙니다! 폐하의 목숨이 헛되이 사라진다는 말씀을 드리는 겁니다! 제 몸을 사리자고 하는 말이 아니잖습니까!"

유그노는 숨을 거칠게 몰아쉬며 소리쳤다.

"보기 드물게 감정을 드러내는구나. 아니 최근에는 그렇지도 않은가? 조직이 궁지에 내몰린 뒤부터는 여러모로 의견 충돌이 많았으니까."

참 신기하다. 그렇게 오랜 세월을 함께해 온 것도 아닌데, 어쩐지 유그노와는 아주 오랜 시간 함께한 것처럼 느껴졌다.

"……본인의 목숨이 걸린 이야기를 하고 있는데, 어째서 그렇게 초연하신 거지요……? 본인이 죽고 나면 이후에는 아무것도 알 수 없게 됩니다. 본인 목숨을 헛되이 져버려도 괜찮으신 겁니까? 어떻게든 살아서 길을 모색해야 하는 것 아닙니까?"

죽음을 선택한 나에게, 유그노는 간절한 얼굴로 호소했다.

"그런 길이 있었다면, 우리는 이미 그걸 발견하고 앞으로 나아갔겠지."

생각하고, 생각하고, 또 생각한 결과, 최선이라고 생각한 선택지가 바로 이것이었다. 긴 안목으로 왕국의 미래를 내다보며, 지금을 바꾸기 위해서는 이 길밖에 없다고 판단했다.

"윽…… 그렇다면, 제 목을……!"

"바보 같은 소리. 아르보가 가장 거슬려 하는 건 왕가야. 그대가 목을 건다고 해서 무슨 소용이 있겠어?"

아르보는 기뻐하겠지만, 그야말로 헛된 죽음이 될 뿐이었다. 내 목이기 때문에 아르보에게 쓸 협상 카드가 될 수 있는 것이었다.

"……정말 괜찮으신 겁니까? 죽은 뒤에 어떻게 전해질지도 모릅니다. 나라를 어지럽힌 마녀로 역사에 남을지도 모릅니다."

유그노가 고뇌가 깊게 서린 얼굴로 물었다.

"그게 뭐 어떻다는 거지? 중요한 건 나라의 미래 아닌가."

나는 크리스티나 벨트람이다.

답은 변하지 않는다.

그러자…….

유그노가 갑자기 의자에서 일어나더니 내 앞으로 다가왔다.

"저의 충성을 평생, 왕국의 주인인 크리스티나 폐하께 바치겠다고 맹세합니다. 어떤 불명예라도 충의의 증표로 짊어지고 가겠습니다. 부디 명령을 내려 주십시오."

그러고는 바닥에 무릎을 꿇고 충성을 바쳤다.

"좋아. 그렇다면 레갈리아와 내 목은 그대에게 맡기지, 아르보에게 잘 붙어있도록 해."

아마도 내 입가는 부드럽게 미소 짓고 있었을 것이다.

그 후, 유그노에게는 레스토라시온에서 본국 정부로 이탈할 가능성이 있는 사람들을 선별하게 했다.

조직에서 이탈하고 싶어 하는 이들을 억지로 붙잡아 두는 것은 오히려 역효과였다. 그렇다면 유그노의 군대가 되어 함께 배신해주는 것이 더 낫겠다고 판단한 것이다.

한편 절대 배신하지 않을 것이라고 확신했던 바네사와 알프레드 두 사람에게는 우선적으로 계획을 털어놓기로 했다.

플로라, 로아나, 세리아 선생님도 절대 배신하지 않을 것이라 생각했지만, 그 세 사람에게는 계획을 비밀로 했다. 계획을 공유해 버리면 이 세 사람은 더 이상 평소대로 행동할 수 없을 것이라 판단했기 때문이었다.

무엇보다 그로 인해 아마카와 경의 귀에 계획이 흘러들어가는 일만은 절대로 피하고 싶었다. 그를 이 계획에 끌어들일 수는 없었다. 왕국 때문에 산전수전 다 겪은 그의 삶을 이 이상 어지럽히고 싶지는 않았다. 솔직히 이것은 내 고집이기도 했다.

그래서 표면상으로는 평화로운 일상을 이어가기 위해 애썼다. 그러는 사이에 레스토라시온에 계속 남아줄 멤버들도 서서히 정해졌다. 그래서 믿을 만하다고 판단한 상층부 구성원들에게는 계획을 공유했다.

알베르트 백작이 그 필두였다. 그는 유그노를 대신해 앞으로의 레스토라시온을 이끌어 가야 할 인물이었다.

그리고 레이 사이키의 피앙세인 로자 댄디와 코우타 무라쿠미의 연인인 미카엘라 벨몬드의 아버지들이 레스토라시온에 남기로 결정해 준 것도 정말 다행이었다.

레이 사이키와 코우타 무라쿠미는 히로아키 님의 둘도 없는 친구였다. 그들은 히로아키 님께 필요한 존재들이었다. 강요할 수는 없지만, 히로아키 님 일행은 레스토라시온에 남아주기를 바랐다.

유그노는 능숙하게 정보를 흘려 아르보와의 대담을 성

사시켜 주었다. 챙겨준 선물의 효과가 꽤 컸는지 곧바로 내무대신 지위를 약속받은 모양이었다. 덕분에 대담에서도 원하는 조건을 끌어낼 수 있었다.

유그노가 없었더라면 이렇게 수월하게 조건을 이끌어내지 못했을 것이다. 나에게 충성을 맹세해 준 그의 마음은 진심이었다.

그리고 계획대로 유그노는 나를 배신하고, 레갈리아와 함께 내 신병을 아르보에게 넘겼다. 알프레드도 본국 정부의 편에 서게 했다. 왕의 검인 이상 아버지 밑으로 돌아가는 것이 맞았고, 유그노와의 연계도 가능하다고 판단했기 때문이었다.

또한 뜻밖의 행운이라고 해야 할까. 아르보와 생각보다 더 허심탄회하게 이야기를 나눌 수 있었던 것도 불행 중 다행이었다.

레갈리아를 되찾고 내 신병까지 확실히 확보한 덕분인지, 혹은 남의 눈치를 보지 않아도 되는 자리였기 때문인지, 그 남자는 뜻밖에도 내 말에 순순히 귀를 기울여주었다. 그것이 얼마나 큰 울림을 주었는지는 모르겠지만, 그 남자가 단순히 허영심만으로 군림하고 싶은 것만은 아니기를 바랄 뿐이었다.

그리고 무엇보다 감사했던 것은 두 번째 조건을 받아들여준 것이었다.

플로라가 플로라의 삶을 살길 바라기 때문에, 그 조건이야말로 내가 언니로서 플로라에게 남겨줄 수 있는 전부였다.

그래서 이제 후회는 없었다.

나는…….

【제 8 장】 ❈ 선택

시간은 크리스티나의 처형이 집행되기 수십 분 전까지 거슬러 올라간다. 가르아크 왕성 항구에 바네사 에마르가 탄 마도선이 도착했다. 바네사는 하선하자마자 마법으로 신체 능력을 강화해 전속력으로 왕성으로 달려갔다.

왕성의 문도 그 기세로 통과하려 했으나 역시 입성 절차가 필요했기에 문지기에게 제지당했다. 그럼에도 시간이 없다는 이유로 강제로 뚫고 들어가려 하자 소란이 벌어졌다.

“지금 당장 플로라 님에게 전해 줘, 아마카와 경의 저택까지 데려가 줘! 부탁해, 시간이 없어! 긴급해! 어떤 분의 목숨이 걸려 있다! 내 이름을 전하면 알 수 있을 거다!”

바네사는 체면을 따지지 않고 간청했다. 운 좋게도 얼굴을 아는 이가 있기도 해서, 우선 전령을 보내 플로라를 불러오게 했다. 그와 함께 바네사는 병사들과 동행한 상태로 성 근처까지 이동했다.

그러자 마침 리오의 저택 근처까지 이동한 타이밍에 플로라가 창백한 안색으로 달려왔다. 로아나, 히로아키, 코우타, 레이도 함께였다.

“어떻게 된 거죠, 바네사?!”

“아마카와 경의 도움이 필요합니다. 제발 당장 저와 함께 그의 저택으로 가주세요!”

바네사의 표정은 절박했다.

"여기서부터는 제가 이자의 신원을 맡겠습니다."

플로라는 바네사를 데리고 서둘러 리오의 저택으로 향했다.

◇ ◇ ◇

그 후, 플로라와 함께 나타난 바네사에게 급한 이야기가 있다는 말을 전해 들은 리오는 빠르게 대화의 장을 마련했다.

응접실에는 들이닥친 플로라, 바네사, 로아나, 히로아키, 레이, 코우타 외에 저택에 사는 리오, 세리아, 샤를로트가 있었다.

"크리스티나 님이 아르보에게 잡혀 처형될 예정입니다."

바네사는 단적으로 상황을 설명했다.

"……."

지금까지 전혀 그런 보고는 받지 못했기에, 리오도 세리아도 샤를로트도 눈을 부릅뜬 채 말을 잃었다.

"……왜요? 언니가 붙잡혔다는 말은, 전 듣지 못했어요. 처형당할지도 모른다니……."

플로라도 처음 듣는 소식이었는지, 충격으로 반쯤 넋이 나가 있었다.

"……모르시는 게 당연합니다. 모든 일이 끝날 때까지

여러분의 귀에는 정보가 들어가지 않도록, 크리스티나 님께서 사전에 레스토라시온 상층부에 철저히 입단속을 시키셨으니까요. 저에게도 그런 명령이 내려졌고요."

크리스티나의 명령을 무시하고 있다는 자각이 있는지, 바네사가 조금 떨떠름한 얼굴로 털어놓았다.

"무슨 말인가요……?"

"……명령을 무시하게 되면, 크리스티나 님이 원하지 않는 상황을 초래할지도 모릅니다. 그래도 괜찮으시겠습니까?"

바네사가 물었다.

"당연하죠!"

하나뿐인 언니의 목숨과 무엇을 견줄 수 있겠냐며, 플로라는 망설이지 않고 즉답했다. 그러자 바네사는 품에서 편지 한 통을 꺼내 테이블 너머로 플로라에게 내밀었다.

"그럼 이 편지를. 크리스티나 님이 맡기신 겁니다. 처형이 이루어진 것을 확인한 후에 전해 달라고 하셨습니다. 플로라 님 앞으로 보낸 편지입니다."

"윽……!"

아마 제정신이 아닐 것이다. 평소의 플로라라면 정성스럽게 개봉했겠지만, 이번에는 다급하게 봉랍을 찢었다. 그리고 편지에 시선을 떨궜다.

"……플로라에게."

플로라는 소리 내어 편지를 읽기 시작했다.

거기에는 플로라에 대한 사과와 크리스티나가 자신의

의사로 죄를 받아 처형된다는 사실이 적혀 있었다.

심지어 처형을 수용하는 대가로 크리스티나가 아르보 공작과 비밀리에 주고받은 약속도 적혀 있었다.

요약하자면 다음 두 가지였다.

첫째, 같은 나라의 귀족이니 앞으로는 내부 분쟁으로 쓸데없이 국력을 낭비하지 말고, 나라의 미래를 생각해 항전을 벌이는 것 외에 다른 길을 모색해 주길 바란다는 것. 그로 인해 향후 레스토라시온에 소속된 사람들이 본국 정부에 합류했을 경우에는 당사자가 원한다면 능력에 따라 등용의 기회를 주었으면 한다는 것.

"둘째, 플로라가 정치에 전면으로 나서려 하지 않는다면 왕국에 소속된 왕후 귀족들은 평생에 걸쳐 그 신병을 보호해야 한다. 이 약속이 지켜지지 않을 경우 플로라에게는 이 편지의 내용을 공개할 권리가 발생한다. 윽, 흑……."

편지를 읽는 플로라의 눈에서 눈물이 주르륵 흘러내렸다. 또 마지막에는 플로라에 대한 메시지도 적혀 있었다.

――네 인생은 네가 선택해 주길 바란다.

"너무해요! 이런 건! 이런 건, 전 원하지 않았어요! 제가 원했던 건 앞으로도 계속 언니 곁에 있는 거였는데……! 더 언니를 도와주고 싶다고! 말했는데! 늘 어리광이 심하다고 말씀하셨으면서! 그런데, 이런…… 이런 걸……!"

플로라는 언니가 쓴 편지를 꽉 쥐고 흐느꼈다.

그리고, 그때였다.

"아마카와 경!"

바네사가 바닥에 무릎을 꿇고 리오를 향해 엎드렸다.

"크리스티나 님을 구해 주십시오!"

그리고 부탁했다.

"당신에게 이런 부탁을 할 자격이 없다는 건 알고 있습니다! 왕녀님이 당신에게 도움받기를 원하지 않는다는 것도 알고 있습니다! 하지만 당신 이외에 이 상황을 해결할 만한 인물로 떠오르는 이가 전혀 없었습니다! 저는 왕녀님을 지키는 일에 인생을 바쳐 왔습니다. 그런데, 아무것도 할 수 없었습니다! 당신에게 매달리는 것 말고는 할 수 있는 일이 없습니다! 그러니까, 제발, 제발!"

왕녀님을 살려달라고, 바네사는 이마를 바닥에 비비며 간청했다.

"고개를 들어주세요. 크리스티나 님의 처형일은 언제입니까?"

"오늘입니다. 솔직히, 이미 처형당했다고 해도 이상하지 않습니다……."

리오가 묻자, 바네사가 씁쓸한 표정으로 대답했다.

"맙소사……."

히로아키가 말끝을 흐리며 입술을 꽉 깨물었다.

"……마도선으로 날아간다 해도 시간에 맞출 수 없어요."

로아나가 절망에 빠진 얼굴로 말했다.

"……시간이 없군요. 아이시아를 부르겠습니다."

가르아크 왕국 왕도에서 벨트람 왕국 수도까지, 리오가 바람의 정령술을 사용해 전속력으로 날아가도 오늘 중에는 도착하기 어려웠다.

하지만 아이시아와 동화하면…….

골렘과 싸우다 한계를 넘어 동화되었을 때 낼 수 있었던 속도라면, 더 짧은 시간 안에 벨트람 왕국 왕도까지 이동할 수 있을지도 모른다.

그렇게 생각한 리오가 몸을 일으켜 방을 나가려고 했다. 하지만 리오가 문을 열기도 전에 문이 열렸다.

"안 돼."

미하루에게 빙의한 리나가 변화한 모습으로 방에 들어와 리오를 막아섰다.

최근에는 리오 앞에 전혀 모습을 드러내지 않았는데, 마치 타이밍을 맞춘 것처럼 등장했다. 아니, 실제로 타이밍을 재고 있었을 것이다. 예지를 통해 미리 알고 있었을 것이 분명했다.

하지만 그런 것을 신경 쓰고 있을 상황이 아니었다.

"……비켜주세요."

"내가 한 말을 잊었어? 단순히 이동만을 위해 한계를 넘은 상태에서 동화하는 건 어리석은 짓이야. 네 몸이 어떻게 될지 알 수 없어."

"상관없습니다."

리나가 충고했지만, 리오는 망설이지 않고 대답했다.

"도착하기 전에 죽을 수도 있다고 말하는 거야. 지금 여기서 네가 죽게 놔둘 수는 없어."

"그래도 가겠습니다."

"……그래. 그럼 내가 데려갈게."

어쩔 수 없다는 듯 깊은 한숨을 내쉰 리나는 원래부터 그럴 생각이었는지 이동 역할을 자청했다.

"……괜찮겠습니까?"

리오는 의외라는 얼굴로 물었다.

"말려도 아이시아와 한계를 넘어 동화할 거잖아? 전이 마법이라, 네가 아이시아와 동화해 직접 날아가는 것보다는 빠를 거야."

"……그럼 부탁드립니다."

"그래, 가자."

리나가 리오의 어깨에 손을 얹었다.

"리오 님, 제발 부탁드려요……!"

그때 플로라가 눈물을 훔치고 리오에게 고개를 숙였다.

"네, 반드시 구하겠습니다."

리오가 미소 지으며 응했다.

"《텔레포트》."

직후, 리나가 주문을 외워 리오와 함께 방에서 사라졌다.

다음 순간.

리오는 리나와 함께 벨트람 왕국 왕도 상공에 있었다.

"윽……."

갑작스런 낙하감을 깨닫고 리오는 비상의 정령술을 발동시켜 공중에 머물렀다. 옆에 있는 리나는 괜찮은지 확인하기 위해 시선을 돌렸다.

"《광익비상마법(포스윙)》."

리나는 주문을 외워 등에서 빛의 날개를 직접 만들어냈다.

덕분에 리오는 의식을 오로지 아래쪽에만 집중할 수 있었다. 이미 크리스티나의 처형이 끝났어도 이상하지 않은 상황이었다.

하지만 도시의 대광장에 군중이 몰려들고 있는 것을 곧바로 알아차렸다. 처형대가 설치되어 있고, 그 위에 단두대가 올려진 것을 확인했다.

'찾았다……!'

때마침 크리스티나가 처형대 위에서 죄상을 선고받고 있는 중이었다.

'아직 늦지 않았어!'

리오는 지체없이 강하를 개시하려고 했다.

"기다려. 할 얘기가 있어."

하지만 리나가 리오의 진로를 가로막으며 말을 걸어왔다.

"……지금 꼭 필요한 이야기입니까?"

리오가 초조한 얼굴로 물었다.

“필요한 이야기야. 아직 죽기 전까지 조금의 시간은 있어. **난 알아**. 게다가 가면 정도는 좀 써. 그대로 개입하면 페널티를 받을 테니까.”

그 말에 리오는 조금 냉정해졌다.

“……빨리 해 주세요. 《디스차지》.”

입씨름을 하고 있는 시간도 아까웠다. 리오는 시공의 장에서 가면과 검을 꺼내 착용하며 리나에게 말을 재촉했다.

“알다시피 이 상황은 크리스티나가 쓴 각본대로야. 대단하지. 희망적인 관측에 기대는 면도 꽤 있었지만, 저 아이의 계획은 머지않아 결실을 맺을 거야. 저 아이의 능력과 희생이 없었다면 이루어질 수 없을 미래의 씨앗이 지금 막 심어지려 하는 중이지.”

리나는 아래를 내려다보며 크리스티나를 칭찬했다.

“하지만 여기서 네가 개입하면 그 미래가 바뀔지도 몰라. 크리스티나 벨트람은 원래 여기서 죽을 운명이니까.”

크리스티나가 걸어갈 운명, 그리고 그것을 바꾸는 것에 대한 리스크를 전했다.

“그래도 넌 크리스티나를 구할 거야?”

리나는 짓궂은 미소를 지으며 물었다.

“그게 구하지 말아야 할 이유가 됩니까?”

하지만 리오의 결의는 확고했다.

그 대답이 마음에 들었는지, 리나의 입가에 미세한 미소가 번졌다.

"그럼 내려가. 지금 가면 딱 맞출 수 있을 거야."
"윽!"
그 순간, 리오는 전속력으로 강하를 시작했다.

처형대를 올려다보는 모두가 멍하니 입을 벌렸다. 하늘에서 검을 든 사람이 내려오는가 싶더니, 처형인이 휘두른 검을 막아냈기 때문이었다.
"다행이다! 늦지 않았어……!"
가면을 쓴 리오가 안도의 숨을 내쉬었다.
"네놈은 누구냐?!"
단 위에 있던 집행인들과 기사들이 리오를 둘러쌌다.
"잡아라!"
함께 단상 위에 있던 아르보 공작이 리오의 체포를 명령했다.
"!"
기사들이 일제히 리오에게 다가가려 했다.
"윽?!"
하지만 리오가 순식간에 거리를 좁히며 가장 가까이 있던 처형 집행인을 날려버렸다. 이어서 다른 기사들에게도 연달아 달려들어 속속 타격을 가해 무력화시켰다. 훈련된 기사들이 맥없이 제압되는 압도적인 힘이 눈앞에서 펼쳐지고 있었다.

"……뭐, 뭐야, 대체 뭐야, 저 녀석은?! 레스토라시온의 전투원인가?!"

샤를이 소리치며 옆에 있던 유그노 공작에게 물었다.

"아, 아뇨, 저런 자는……."

자신도 모른다며, 유그노 공작도 크게 동요했다. 계획에 없는 사태가 발생했으니 당연하다. 하지만 이 상황에서 크리스티나를 도우려는 자가 있다면, 레스토라시온에 소속된 인물이라고 생각하는 것이 합리적이었다.

'도대체 누구의 지시지……?'

이대로 가다가는 크리스티나의 계획에도 차질이 생기는 것이 아닐까? 유그노 공작의 얼굴이 굳었다.

"괜찮습니까? 기구를 빼겠습니다."

한편, 리오는 구속된 크리스티나에게 다가가 말했다. 크리스티나는 두 손을 뒤로 한 채 마봉의 족쇄를 차고 있었다. 다리는 바닥의 사슬에 묶여 있었고, 목은 단두대에 고정되어 있었다. 구속을 푸는 것에는 조금 시간이 걸릴 것 같았다.

"윽……."

단상에 있는 아르보 공작이 이를 악물고 굳어 있을 때였다.

"누, 누구죠, 당신은?!"

크리스티나가 리오에게 물었다.

"당신을 구하러 온 사람입니다."

리오가 두 다리를 구속한 사슬 중 하나를 끊으며 대답했다.

"그런 짓을, 누가……! 멈추세요, 저는 여기서 죽어야만 합니다!"

크리스티나가 단두대에 목이 고정된 채 호소했다. 하지만 리오는 다른 쪽 다리의 사슬도 끊어 그녀의 두 다리를 풀어주었다. 그런 두 사람의 대화는 당연히 단상에 있는 아르보 공작에게도 들리고 있었다.

'……크리스티나 왕녀는 도움받는 것을 원하지 않고 있다. 그렇다면, 결정을 번복하려 하는 것도 아닐 터…….'

아르보 공작이 상황을 분석했다. 하지만 모든 것은 크리스티나의 죽음을 전제로 한 합의였다. 그녀가 살아남는다면 그 모든 것이 무효가 된다.

"뭐, 뭐 하는 거냐?! 빨리 그 자를 저지해라! 크리스티나 왕녀의 구속을 풀게 만들 셈이냐!"

아르보 공작은 이제 막 처형대에 올라간 기사들을 향해 황급히 명령했다.

"가라!"

기사들이 차례로 리오에게 달려들었다. 리오는 크리스티나의 어깨에 손을 대고 검을 바닥에 꽂았다.

"으악?!"

그리고, 마력의 광구를 펼쳐 기사들의 접근을 막았다.

「플로라와 바네사 씨, 그 밖에도 당신의 생존을 바라는 사람들이 있습니다. 저도 그렇고요. 그래서 구하러 왔습니다.」

육체적으로 접촉한 상태에서는 염화가 가능했다. 리오는 광구를 조종하면서 크리스티나에게 말을 걸었다.

"윽?!"

갑자기 머릿속에 울려 퍼진 목소리에 눈을 크게 뜨는 크리스티나.

"……여기서 제가 살 수는 없어요. 제가 죽지 않으면……."

크리스티나는 이번에도 도움을 거부하려 했다.

「아르보 공작의 존재가 문제라면, 이 자리에서 붙잡아 인질로 삼을 수 있습니다. 당신의 부모님이 인질로 잡혀 있다면, 구해낼 수도 있습니다.」

리오는 강한 어조로 호소했다.

"……그렇게, 그렇게 단순한 문제가 아닙니다. 지도층만 억지로 갈아 끼운다고 해결될 문제가……."

「그렇다면 이대로 왕도 전체를 제압할 수도 있습니다! 그러니까……!」

"그, 그런 짓을, 할 수 있을 리가……."

없지 않느냐. 크리스티나가 그렇게 말하려던 순간, 지금까지 목을 고정하고 있던 단두대의 장치가 풀렸다.

"윽……."

그녀가 천천히 고개를 들자, 수많은 기사들이 단상과 처형대 주위에 널브러져 있었다. 놀라운 점은 언뜻 보기에

죽은 이가 한 명도 없다는 점이었다. 모두가 신음하며 쓰러져 있었다.

"……."

크리스티나는 주위의 광경에 할 말을 잃었다. 그리고 비로소 리오의 얼굴을 올려다보았다. 그가 쓰고 있는 가면에는 금이 가 있었다.

"그렇게 살고 싶어 하는 얼굴로, 죽어야 한다는 말은 하지 말아주세요."

리오가 무척이나 괴로운 표정으로 말했다.

"……."

자신은 대체 어떤 표정을 짓고 있을까? 모른다. 하지만 눈물을 흘리고 있다는 것만은 알았다. 크리스티나는 눈물을 닦으려 했다. 하지만 양손은 아직 마봉의 족쇄로 구속되어 있어 자유롭게 움직일 수 없었다.

그것이 답답해서, 자유로워지고 싶다고 생각했다. 어차피 죽을 운명이라면 비참한 모습을 드러내도 괜찮다고 생각했는데, 눈앞에 있는 인물에게는 우는 모습을 보이고 싶지 않았다. 죽음을 원하는 인간에게는 필요치 않은 감정들 앞에서, 크리스티나는 당황했다.

"이, 이게 대체 어떻게 된……."

아르보 공작은 처형대 밖에 있던 샤를과 유그노 공작 곁으로 피신한 채 멍하니 서 있었다.

"레스토라시온에 저런 괴물이 있다는 말은 들은 적이

없다!"

샤를이 유그노 공작을 향해 소리쳤다.

"저도 모릅니다! 저자는 절대 레스토라시온 전투원이 아닙니다!"

유그노 공작이 단언했다.

"그럼 도대체 누구라는 거냐?! 누가 크리스티나 왕녀를 구하고 있는 거지?!"

"모르겠습니다!"

유그노 공작이 샤를에게 소리치며 맞서고 있는 와중.

"얘기는 나중에. 긴급 상황이니 당신을 안고 가는 것을 용서해 주세요."

리오는 그런 양해를 구한 뒤, 크리스티나의 몸을 끌어안았다.

"윽……."

크리스티나의 얼굴이 붉어졌다.

"가겠습니다."

그 직후, 리오는 바람의 정령술로 비상을 시작한 뒤 그대로 대광장을 날아가려고 했다. 하지만 어느 정도의 고도에 도달한 시점에서 상승을 멈췄다.

"……뭘 하시는 겁니까?"

그 이유는, 빛의 날개를 생성한 리나가 리오의 앞을 가로막듯이 내려왔기 때문이었다. 게다가 일대 상공을 뒤덮을 정도로 방대한 마력 결계가 반구 형태로 펼쳐져 있는 것을 알아차렸다.

'내려왔을 때 이런 결계는 없었어.'

그렇다면 리나의 소행이라 생각하는 편이 자연스러웠다.

"말했잖아? **크리스티나 벨트람은 여기서 죽을 운명이라고**."

리나가 불길한 미소를 지으며 무자비하게 선고했다.

"이 사람은, 리나?"

크리스티나도 상대가 리나라는 것을 알아차린 모양이었다.

"……농담은 그만하시죠."

"농담 아니야."

리오가 험악한 얼굴로 말했지만, 리나는 그렇게 말하면서 리오를 향해 손을 뻗었다. 그 직후, 공중에 마법진이 여러 개 떠오르고, 리오를 향해 광구가 발사되었다.

"윽?!"

리오는 크리스티나를 끌어안은 채 순간적으로 회피했다.

"크리스티나 님을 돕기 위해 협력해 주신 것 아니었습니까?!"

"어떤 의미에서는 그럴 수도 있지. 하지만 그게 크리스티나 벨트람을 구해준다는 의미는 아니야."

"그게 무슨 뜻이죠?!"

"너라면 그 이유를 알고 있을 텐데?"

리나는 의미심장한 미소를 지으며 말했다. 그 순간, 리오의 머릿속에 리나가 예전에 했던 말이 떠올랐다.

——**소라 이외에 첫 번째 권속으로 삼는 건 크리스티나 벨트람이 좋다고 생각해.**

"큭, 설마!"

지금 이 상황에서 크리스티나를 권속으로 삼게 만들 생각인 건가?

"그 설마가 맞아."

"장난하지 마세요! 이렇게까지 할 필요는 없지 않습니까!"

"거짓말을 하고 있네. 이렇게까지 하지 않으면 넌 그 누구도 권속으로 삼으려 하지 않겠지."

"윽……!"

리오의 표정이 괴롭게 일그러졌다.

리나를 설득하는 것은 불가능하다. 순식간에 그것을 이해했다.

그렇다면 어떻게 해야 할까?

"그런 짐을 안고서 쉽게 날 쓰러뜨릴 수 있다고 생각하지 마."

리나가 꿰뚫어 본듯 비웃었다.

"쓰러뜨릴 필요는 없잖아요."

"흐음?"

"……결계를 부수고 밖으로 나가면 됩니다."

리오는 그렇게 말하자마자 결계를 향해 급가속했다. 그대로 오른손에 모은 마력을 해방시켜 결계의 파괴를 시도

했다.

"너라면 그렇게 할 줄 알았어."

리나는 그 자리에서 움직이지 않고 상승하는 리오를 올려다보았다. 특별히 다급하게 쫓아가는 기색도 없었다.

"미안해. 그거, 마력 장벽처럼 보이게 만든 가짜야."

리오가 결계를 벗어날 수 없다는 것을 처음부터 알고 있었기 때문이었다.

"효과는 마킹한 대상을 결계 내의 임의의 위치로 전이시키는 것."

이어서 결계의 효과를 설명하는 리나. 하지만 이미 결계를 넘어서려고 하는 리오의 귀에는 들리지 않았다.

리오가 날린 강력한 공격은 언뜻 보면 결계를 뚫은 것처럼 보였다. 그래서 리오도 그대로 돌진해 결계를 넘어서려 했다.

"읏?!"

그러나 다음 순간, 결계를 건드린 리오는 리나의 바로 옆으로 돌아가 있었다.

"어서 와."

리나가 다정하게 리오에게 인사했다.

"……크리스티나 님은?"

안고 있던 크리스티나의 모습이 사라져 있었다.

리오는 황급히 주위를 둘러보았다.

"처형대로 돌아갔어."

리나가 지상에 설치된 처형대를 바라보았다.

"윽……?!"

리오는 순식간에 강하를 개시하려고 했다.

"보낼 수 없어."

리나가 행동을 미리 읽고 이동 경로에 끼어들어 방해했다. 무영창으로 여러 개의 마법진을 펼쳐 리오 주위에 이동을 방해하는 마력 장벽을 전개했다.

"제발 장난하지 마세요!"

리오는 손에 든 검에 마력을 실어 휘둘러 가까이 있던 장벽을 힘으로 파괴했다. 그대로 틈을 비집고 포위망을 빠져나가려 했다.

하지만 리나의 무영창 마법 전개 속도가 앞섰다. 장벽이 허물어지며 생겨난 틈 앞에 새로운 장벽의 포위망이 순식간에 펼쳐졌다.

리오는 다시 한번 장벽을 파괴하고 포위망에서 벗어나려 했다.

"윽……."

하지만 또다시 새로운 포위망이 펼쳐질 뿐이었다. 계속해서 같은 일을 반복한다 해도 쳇바퀴 돌듯이 시간만 낭비될 터였다. 강제로 돌파하기 위해서는 술사인 리나를 잠재워야 한다는 판단이 순간적으로 내려졌다.

"비켜 주세요!"

리오는 검을 들고 리나를 노려보았다.

"물러나게 만들어보지 그래? 지금의 나와 너. 정면에서 모든 수단을 써서 죽을 각오로 싸운다면 승률이 높은 건 너야."

리나도 양보할 기미는 보이지 않았다.

"하지만……."

오히려, 리나는 도발적으로 웃으며 귀에 달린 귀걸이에 손을 가져갔다. 그 순간, 리나가 변화를 풀고 미하루의 모습으로 되돌아갔다.

"윽!"

리오는 분노로 얼굴을 굳히고 이를 악물었다. 왜 지금 이 상황에서 리나는 일부러 변화를 푼 것일까. 그 의미를 이해해 버렸기 때문이다. 그것은 바로――.

"넌 아야세 미하루를 죽일 수 있을까?"

리나는 짓궂은 미소를 지으며 리오에게 물었다.

한편 크리스티나는 정신을 차리고 보니 처형대 위에 우두커니 서 있었다.

"……크리스티나 왕녀?"

"돌아왔어……."

멍하니 주위를 둘러보자, 일대가 웅성이며 떠들썩해졌다.

"……누구든, 누구든 상관없다! 죽여라! 빨리 형을 집행해!

왕국의 위신을 걸고!"

이윽고 아르보 공작이 소리쳤다.

하지만 처형 집행인은 기절한 상태였다. 다른 기사들도 조금 전 리오가 날린 공격에 맞아 부상을 당해 꼼짝없이 쓰러져 있었다.

"……제가 하겠습니다."

유그노 공작이 근처에 굴러다니던 창을 보고 결심한 표정을 지었다. 그리고 창을 집어들더니 느리게 단상으로 올라갔다. 그대로 처형대에 서 있는 크리스티나에게 다가갔다.

'내가, 내가 해야만 한다……!'

나라의 미래를 위해, 배신자가 되어 본국 정부 안에서 출세하기 위해, 자신의 손으로 크리스티나를 죽여야만 했다. 자청해서 아르보 공작의 충실한 개로 전락했다는 사실을 모두에게 보여줘야만 했다. 유그노 공작은 금방이라도 눈물을 흘릴 것 같은 얼굴로 크리스티나 앞에 섰다.

"……그래, 그대가 좋겠군."

크리스티나는 다가온 상대가 유그노 공작이라는 것을 알고 부드럽게 미소 지었다.

"그대의 충성을 증명해 봐."

심장을 찌르라며, 정면으로 유그노 공작을 응시한다.

"제 평생의 충성을, 당신에게……!"

마침내 창끝이 크리스티나의 가슴을 꿰뚫었다.

"윽……."

크리스티나의 몸이 작게 튀어 올랐다.

"죄송합니다……."

유그노 공작은 눈물을 머금고, 크리스티나에게만 들리는 작은 목소리로 사과의 말을 중얼거렸다. 창을 쥔 손은 부들부들 떨리고 있었다.

"괜찮, 아. 제대로, 비틀어…… 마지막까지, 확실하게……."

확실하게, 죽여야지. 크리스티나는 빙긋 웃으며 말했다.

"큭!"

유그노 공작은 결심을 담아 창을 비튼 뒤, 크리스티나의 가슴에서 힘차게 창끝을 뽑아냈다.

"어, 어……."

크리스티나의 몸이 균형을 잃고 그대로 바닥으로 쓰러졌다. 누더기 옷은 피로 새빨갛게 물들어 갔고, 끈적한 피가 바닥에 서서히 번져나갔다.

"잘했다, 유그노!"

아르보 공작이 처형대 계단을 올라가며 큰 소리로 유그노 공작을 칭찬했다. 그러나 유그노 공작은 창을 쥔 손을 내려다본 채 멍하니 서 있을 뿐이었다.

"윽?!"

그 직후, 처형대에 리오가 내려왔다. 아르보 공작은 흠칫 놀라 걸음을 멈췄지만, 유그노 공작은 여전히 넋이 나간 얼굴이었다.

"크……!"

리오는 주위의 사람들에게는 눈길조차 주지 않고 쓰러진 크리스티나를 내려다보았다. 얼굴이 서서히 일그러져 가는 것이 금이 간 가면 너머로도 보일 정도였다.

"《디스차지》."

리오는 곧바로 주문을 외우고, 시공의 장에서 전이결정을 꺼냈다. 그리고 죽어가는 크리스티나를 끌어안고 이어서 주문을 외웠다.

"《텔레포트》."

두 사람은 곧바로 그 자리에서 사라졌다.

【 에필로그 】 ❈ 결단

정령의 주민이 사는 마을 근처에 있는 샘.

피투성이가 된 크리스티나를 안은 리오가 돌연 그곳에 나타났다.

"크리스티나 님, 의식이 있습니까?!"

리오가 샘가에 크리스티나를 눕히며 말을 건넸다.

"윽……."

크리스티나는 아직 희미하게 의식이 있는 듯했지만, 거의 혼미했다.

"금방 치유하겠습니다!"

리오는 피로 물든 가슴 위에 양손을 얹고 치유의 정령술을 걸었다.

'……피가 안 멈춰.'

치유의 정령술은 상처가 깊으면 깊을수록 치료의 난도가 올라간다. 시간도 많이 걸린다. 술자의 기량에 따라 시간을 조금 앞당길 수는 있지만, 한순간에 상처를 막을 수는 없었다. 그것은 리오 정도의 술사라 해도 마찬가지였다.

'안 돼, 안 돼! 절대 죽게 할 순 없어!'

리오는 묵묵히 치유의 정령술을 계속 걸었다.

"……아마, 카와…… 경?"

그러자 크리스티나가 희미하게 눈을 뜨고, 멍한 눈으로

리오의 얼굴을 바라보았다. 어쩐 일인지 가르아크 왕국에 있는 결계가 아님에도 리오를 인식하고 있었다.

"알아보시겠습니까, 저를?"

리오가 눈을 동그랗게 뜨고 물었다.

"신의 규칙은 영혼에 작용하는 거야. 당신을 떠올렸다는 건 이미 그 아이가 죽음에 가까워졌다는 것을 의미하지. 그리고 그만큼 당신에 대한 그 아이의 마음이 강하다는 뜻이기도 하고."

갑자기 등 뒤로 인기척이 나타나며 누군가가 말을 걸어왔다.

"……."

등 뒤에서 말을 걸어온 인물이 누구인지, 리오는 돌아보지 않아도 알 수 있었다. 하지만 리오는 얼굴만 찌푸릴 뿐 목소리를 무시했다.

그대로 말없이 치유를 계속했다.

"……꿈을 꾸고 있는 걸까요?"

크리스티나가 이미 초점을 잃어버린 눈동자로 덧없는 미소를 지었다.

"말하지 마세요. 치료 중입니다."

"만나고 싶었어요. 당신을…… 잊어버려서, 외로웠어……."

대화가 성립되고 있는지 어떤지는 알 수 없었다. 죽어가며 하고 싶은 말을 하고 있을 뿐일지도 모른다.

하지만, 그럼에도 크리스티나는 확실하게 리오를 인식

하고 있었다.

"죽기 전에…… 만날 수, 있…… 다행."

반듯이 누운 채 느리게 리오의 뺨에 손을 뻗는다.

"죽지 않아요! 반드시 치료할 겁니다!"

리오가 큰 소리로 외쳤지만, 크리스티나의 얼굴에서 점점 생기가 빠져나가는 것이 보였다.

"마지막으로, 부탁이…… 있……어요."

목소리도 점점 가늘어졌다.

"마지막이라고 말하지 마세요! 살아난 후에 얼마든지 들을 테니까요!"

리오가 필사적으로 외쳤다.

"저를, 안아, 주……."

그것이 지금 이 순간, 크리스티나가 말한 죽기 직전의 소원이었다.

"……윽!"

이제는 언제 죽어도 이상하지 않았다. 치유의 정령술로도 살릴 수 없었다. 그것을 이해한 리오는 고통스럽게 얼굴을 일그러뜨렸다. 그리고 크리스티나의 몸을 부축해 일으키고 부드럽게 끌어안았다.

의미 없는 치유를 잠시 중단하는 한이 있더라도, 리오는 크리스티나의 소원을 들어주는 것을 우선시했다.

"기뻐, 요……."

그러자, 크리스티나는 행복하다는 듯 미소 지었다. 마침내 소원이 이루어진 탓인지, 그녀의 몸에서 힘이 완전히 빠져 버렸다.

"크리스티나 벨트람은 죽었어."

리나가 리오의 등에 말을 걸었다.

"……."

거짓말이다. 마치 그렇게 말하는 것처럼, 리오는 껴안고 있던 크리스티나의 몸을 다시 눕히고 귀신 같은 형상으로 치유의 정령술을 발동했다.

"알고 있잖아? 이미 늦었어."

"……조용히 해 주세요."

"정령술로는 그 아이를 되살릴 수 없어."

"조용히 하시라고요!"

리오가 등 뒤에 선 리나를 향해 소리쳤다.

"하지만 권속으로 만들면 살릴 수 있어. 단순한 크리스티나로서, 살아갈 수 있어."

리나는 입을 다물지 않았다.

"……."

그리고 그럼에도 꿋꿋하게 치유의 정령술을 계속 발동하는 리오의 등을 향해.

"어떻게 하는지는 알지?"

리나는 덤덤하게 고했다.

【 후기 】

여러분, 매번 신세지고 있습니다. 키타야마 유리입니다. 27권 발매로 『정령환상기』가 연재 10주년을 맞이했습니다. 평소 작품을 애독해 주시는 모든 분들께 진심으로 감사의 말씀을 드립니다.

그리고 사전에 공지된 대로 『정령환상기』의 원작 일러스트레이터를 담당해주셨던 Riv 선생님이 건강 문제로 26권을 마지막으로 사임하셨습니다. 9년 넘게 작품을 이끌어 주신 Riv 선생님께 깊은 감사를 드리며 쾌유를 진심으로 기원합니다. Riv 선생님, 정말 감사합니다.

새로운 일러스트레이터는 TV애니메이션판 『정령환상기』 캐릭터 디자인을 맡고 계신 유후 쿄코 선생님이 이어받아 주시게 되었습니다. 유후 선생님이 그려주시는 리오 일행을 다시 한번 볼 수 있어 무척 기쁩니다. 유후 선생님, 감사합니다!

이번 후기는 한 페이지입니다. 다음 권에서도 여러분과 뵐 수 있기를 바라며.

2025년 8월 하순 키타야마 유리

정령환상기

28. 마녀의 유혹

서서히 죽음에 가까워지는 크리스티나를 끌어안고,
리오는 심각한 고민에 빠진다.

무엇이 옳고, 무엇이 그른가.
모르겠다. 모르겠다. 모르겠다.

하지만, 남은 수단은 이제 이것 말고는──

"어떻게 하는지는 알지?"

정령환상기 27 —기도의 단두대—

2026년 3월 1일 1판 1쇄 발행

저　　자 키타야마 유리
일러스트 유후 쿄코
옮 긴 이 이소정
발 행 인 유재옥
이　　사 조병권
편 집 부 정영길 조찬희 박치우 이소의 정지원 최유정 김혜주
디자인랩팀 김보라 전세연
디지털사업팀 김지연 윤희진 장혜원
라이츠사업팀 김정미 유아현
영업마케팅팀 최연욱 김민
물 류 팀 백철기 이새롬
경영지원팀 최정연
인쇄제작처 ㈜코리아피엔피
발 행 처 ㈜소미미디어
등　　록 제2015-000008호
주　　소 서울시 마포구 토정로222, 502호 (신수동, 한국출판콘텐츠센터)
판매 및 마케팅 (070) 8822-2301

ISBN 979-11-384-8967-6
ISBN 979-11-6611-646-9 (세트)